순수
수에 진심을 담다

순수

수에 진심을 담다

초판 1쇄 인쇄_ 2021년 02월 15일 | **초판 1쇄 발행_** 2021년 02월 18일
지은이_수국화 동아리 | **엮은이_**박순연, 김묘연 | **펴낸이_**진성옥 외 1인 | **펴낸곳_**꿈과희망
디자인·편집_윤영화
주소_서울시 용산구 한강대로 76길 11−12 5층 501호
전화_02)2681−2832 | **팩스_**02)943−0935 | **출판등록_**제2016−000036호
E−mail_jinsungok@empas.com
ISBN_979−11−6186−105−0 43810

순수

수에 진심을 담다

Pure Number

수국화 동아리 지음

박순연 · 김묘연 엮음

꿈과희망

"너의 길을 응원한다"

학교에서 아이들과 함께 생활한 지 벌써 16년을 넘어 17년을 채우고 있다. 초등학교 시절부터 장래 희망란에는 항상 선생님이라는 세 글자를 적으며 교사의 삶을 꿈꿔 왔다. 중학교 시절 평범한 내 삶에 새로운 갈림길을 맞이하게 되었고 잠시의 망설임이나 고민도 없이 새로운 길을 선택했다. 그 후 나의 장래 희망은 대학 교수로 바뀌었다. 고등학교와 대학교 시절 남들이 다 한다는 진로 고민을 해본 기억이 없다. 지금 가고 있는 이 길이 내 길이라는 확신 아닌 믿음이 있었기 때문이었다.

그러다 뒤늦게 대학원 시절, 진로에 대한 고민이 시작되었다. 그때까지 너무나 순탄하다고 여긴 길이었는데 다가가 보니 벼랑 끝에 매

달려 있는 느낌이었다. 그렇게 진로에 대한 고민을 처음으로 처절하게 해보았다. 과감하게 지금까지의 나의 길을 버리고 뒤돌아서고 싶은 심정이었지만 왠지 모를 아쉬움이 남아 반쯤만 발을 뺐다. 나의 꿈이라 생각해 오던 길을 외면할 용기는 없었나 보다. 하지만 얼마 지나지 않아 반쯤 담긴 발마저 완전히 빼야 하는 시련을 겪게 되었고 다시 한번 진로에 대한 고민이 시작되었다. 돌아돌아 어린 시절의 나의 꿈을 향해 다시 걸어가기로 했다. 적지 않은 나이에 지금까지와는 완전히 다른 새로운 길을 처음부터 시작한다는 것은 쉽지 않았지만, 한편 적지 않은 나이였기에 이 또한 가능했다.

남들은 하나의 길을 정해 그 길을 갈고 닦으며 살아가는지 모르겠지만 난 둘레길을 좋아한 거라 여기고 있다. 보다 많은 영역에서 남들보다 다양한 사람들을 만나고 여러 가지 일을 경험하면서 내 꿈을 찾아온 거라고 생각한다. 물론 현재의 나의 모습이 내 꿈을 이룬 것이 아닐지도 모른다는 생각을 요즘 많이 하고 있다. 어찌 되었든 현재 고등학교에서 고등학생들과 16년이 넘는 세월을 함께 하면서 나의 둘레길 여행은 아이들과 교감하고 진로에 대해 이야기 하고 인생을 이야기하는 데 많은 소재와 아이디어를 던져 주는 것만은 사실이다.

10년 전만 해도 아이들과 진로에 대한 이야기를 많이 나누었다. 하고 싶은 것이 무엇인지, 하고 싶은 이유가 무엇인지, 현재 자신의 준비사항은 어떤지, 앞으로의 계획은 어떤지에 대해서 말이다. 그러면서 자연스럽게 어릴 적 이야기부터 공부에 대한 고민이나 친구나 부모님과의 관계 등 다양한 이야기를 듣게 되고 함께 고민을 공유하였다.

하지만 지금 근무하고 있는 학교에서는 학교의 특성상 진로에 대한 고민을 하는 학생들은 많지 않다. 대부분 고등학교에 입학하기 훨씬 전부터 자신이 걸어가야 할 길을 어느 정도는 정해놓고 그 목표를 위해 앞으로 앞으로 전진해 왔기에 고민이나 의문은 별로 없는 듯했다. 간혹 고등학교 생활을 하면서 진정 자신이 원하는 것이 무엇인지에 대해 고민하는 친구들이 있을 뿐이다.

4년 전까지 수학 수업을 할 때마다 여러 가지를 고민해 왔다. 그중 하나가 수학을 싫어하거나 거부하는 아이들에게 어떻게 가르칠 건가였다. 아이들이 관심을 가지는 영화나 영상을 이용해 보기도 하고 칭찬과 격려를 쏟아부어도 보았지만 이미 수학을 거부하고 있던 아이들의 마음은 크게 열리지 않았다. 그래서 일단 인간적으로 마음이 통하도록 해봐야겠다는 생각으로 친해지기로 했다. 작은 체육회도 하고 미니 캠핑으로 삼겹살도 구워 먹으면서 마음을 여는 이야기들을 했다. 하지만 마음이 통하는 사이라도 수학을 시작하면 힘들어하기는 마찬가지였고, 너무나도 힘들어하는 아이들을 도울 방법이 마땅하지 않다는 것이 항상 마음을 무겁게 했다.

중학교 2학년인 아들이 어느 날 이렇게 이야기했다. 계산은 계산기로 하면 되고 복잡한 것은 컴퓨터가 해줄 거고 필요한 것이 있다면 그때 찾아보면 되고 게다가 살아가는 데 사용되지도 않는 것 같은데 왜 수학을 공부해야 하는 거냐고. 그다지 틀린 말이 아닌 것 같아서 원론적인 답변 외에는 특별히 할 말이 없었다.

아들이 또 물었다. 살면서 수학을 어디다 쓰는지 수학을 모르면 살기 힘든 건지. 이 또한 아들을 설득시키지 못한 것 같다. 수학 교사로 살면서 항상 맘 한편에 제대로 된 답을 찾지 못하고 있었던 것이 이런 것이었기 때문이기도 하다. 그나마 나는 공대를 졸업하고 관련된 분야에 잠시나마 몸을 담았기에 다른 사람들보다는 수학을 옆에서 두고 사용하며 살았는지도 모르지만 모든 아이들이 나와 같지는 않을 것이니 더욱 이런 질문에 설득력 있게 대답하기는 쉽지 않다.

그래서 생각한 것이 아이들의 삶이나 일상과 관련되는 수학적 경험을 많이 할 수 있는 수업이었다. 수학 동아리를 통해 수학 시를 쓰고 수학 개념을 스스로 해석하여 설명하는 글을 써서 이를 수학 잡지로 만들었다. 수학 체험전을 다니고 수학 페스티벌 등 수학 관련 행사에 아이들이 참가하도록 격려하고 함께 준비도 했다. 이과 계열에서 뛰어난 실력을 보이는 아이들과는 공과대학에서 배우는 수학 교재를 함께 공부하며 토론하기도 하고, 수학이라면 고개를 절레절레 흔드는 아이들과도 함께 직접 종이로 접고 그림을 그리며 수학적 사고를 할 수 있는 다양한 활동을 하며 수학 자체를 거부하지는 않도록 노력했다. 고등학교에서 다루는 수학 단원의 역사를 살펴보고 이를 이야기나 관련 자료를 통해 소개하면서 수학의 출발점을 알려줌으로써 수학의 필요성을 조금이나마 받아들일 수 있도록 하기도 하고, 수학 골든벨이나 기초적인 수학 관련 이야기로 자신감을 가지는 기회를 갖도록 했다.

또한 수학 성적으로 고민하며 자신감을 잃은 아이들을 도와주고 싶어서 수행평가를 변화시켰다. 수학 실력을 다시 점수화하는 기존의 수학 수행평가를 대신하여 수학을 몸으로 표현할 수 있는 기회를 주고 싶었다. 조별 수행평가로 소단원별로 주제를 정하고 이를 조별로 다양한 방법을 사용하여 발표하도록 하였다. 반드시 포함시켜야 하는 요소로 단원의 역사, 단원의 실생활 적용 예시였으며 조원의 역할분담을 구체적으로 명시하도록 했다. 대본을 직접 적어 영상을 촬영하기도 하고 발표장을 게임장으로 설정하여 청중과 두뇌게임을 하며 발표하는 등 조별로 참신한 아이디어로 수행평가를 구성하였다. 조원의 역할분담에 대한 평가를 동료평가로 진행하되 칭찬할 점을 적도록 하고 이를 피드백해 주었다. 수학을 좋아하지 않는 아이들조차도 자신의 조가 발표한 내용은 잘 알게 되었다고 좋아하는 모습이 아직도 기억에 남아 있다.

현재 대구과학고등학교에서는 수학 실력이 좋지 않은 아이는 없다고 생각한다. 무리 속에서, 그리고 줄을 세우는 현실 속에서는 잘하는 학생과 잘하지 못하는 학생을 구분할 수 밖에 없다고 하지만 이 학교의 학생들은 최소한 다 잘하는 학생들이다. 그럼에도 불구하고 아이들과 이야기를 나눠보면 자신은 수학이 제일 큰 걱정이라고, 수학을 못하는 것 같다는 말을 많이 한다. 수학을 잘하는 학생들조차 이렇게 이야기하는 현실이 안타까울 따름이다.

그런데 한편으로는 수학을 잘한다는 것이 어떤 것인지에 대해 나 스스로 의문이 들 때도 많다. 나는 수학을 잘하지 못한다. 쉽게 말해 정통 수학파가 아니다. 그래도 나는 수학을 좋아한다. 이게 내가 생각하는 내가 수학을 하는 이유이자 방법이다. 그래서 아이들이 수학을 잘 써먹기를 바라는데 우리의 아이들은 수학을 잘하기를 바라는 것 같다. 모두가 수학을 잘하는 사람이 될 필요는 없다고 생각하는데 말이다.

이 학교로 온 첫 해는 모든 것이 두려웠지만 새로웠고 부딪혀 보자는 생각으로 한 해를 보냈다. 이후 2년 동안은 3학년 입시를 함께 하며 대학 입시에 얼마나 수학이 중요한지를 새삼 더 많이 느낄 수 있었다.

다시 올해 1학년 학생들과 함께 생활하게 되면서 갈등을 겪었다. 입시를 위한 수학을 해야 할지 말지. 고민 끝에 나름의 결론에 도달했다. 입시를 위한 수학이 아니라 꿈을 위한 수학을 하면 어떨까 하고 말이다. 3학년 입시지도를 2년 동안 하면서 수학이 대학의 당락을 결정하는 중요한 요소라는 것을 통감하지만 이와 더불어 아이들이 진정 자신의 꿈을 향해 대학 입시를 치르는가에 대한 의문을 가지게 되었다. 고등학교 입학과 더불어 아니 그 훨씬 이전부터 자신의 꿈을 정한 것이 아니라 잊은 것은 아닐까 하는 생각이 들기도 했다.

그래서 아이들이 자신의 꿈을 정하는 것이 아니라 잊었던 자신의 꿈을 떠올려 보고 자신의 꿈에 대해 생각해 보는 기회를 수학을 통해 주고 싶다는 생각을 했다. 수행평가로 자신의 꿈을 수학적으로 디자인해 보면 어떨까라는 생각으로 지난 겨울방학 동안 관련 연수를 찾아 수강하였다. 많은 수학 선생님들께서 진행한 다양한 과정형 수행평가를 연수를 통해 알게 되었고 이를 수업 내용과 접목시켜 표현하는 수행평가를 계획했다. 이름하여 '수학적 표현하기'였다. 1학기에 아이들과 함께 한 수학 단원 중 삼각함수와 도형의 방정식을 이용하여 자신이 현재 생각하고 있는 자신의 꿈을 표현하고 이를 수학적 식으로 적어보는 것이었다. 이것이 이 책을 구성하는 첫 번째 테마이다. 학교의 특성상 우리 아이들의 꿈은 이런이런 것이겠지라고 생각한 범위를 벗어나지 않았지만 그래도 새롭고 신기했다. 이것이 진짜 자신의 꿈이든 급조한 꿈이든 간에 자신의 꿈을 생각해 보는 시간이 되었기를 바랄 뿐이었다.

2학기가 되어 1학기 때 표현한 자신의 꿈을 '지오지브라'로 다시 표현해 보며 다시 한번 자신의 미래를 꿈꿔 보았다. 거기에 더 나아가 미래를 위해서는 현재가 있어야 하고 현재가 있기까지는 과거가 뒷받침되어야 한다는 생각이 들었다.

다들 어린 시절 한 번쯤은 해보았을 것이다. 아들이 유치원을 다닐 때 그리고 딸이 초등학교에 입학한 지 얼마 되지 않은 어느 날 자신이 태어났을 때부터의 사진을 보여 달라고 한 적이 있다. 사진을 보며 언제인지 무슨 상황에서 찍은 것인지를 하나하나 물어보더니 하나둘씩 사진을 골랐다. 그리고 그것을 유치원과 학교에 가지고 갔다. 며칠 후 자신이 태어나서 현재까지 시간의 흐름에 맞춰 자신의 변화된 모습과 그 당시의 상황을 파노라마 형식으로 만든 작품을 가지고 왔다. 낱장의 사진으로 볼 때와는 사뭇 다름 느낌이었다. 뭔가 한 눈에 펼쳐지는 것이 짧디짧은 아들 딸의 인생을 보는 듯했다. 아이들과 꿈에 대한 이야기를 펼치면서 예전의 이 상황이 떠올랐다.

우리 아이들도 자신의 꿈에 대해 생각하면서 어린 시절 자신의 꿈의 변천을 살펴보면 좋을 듯했다. 또한 2학기 수업 내용과도 연결이 되면 더욱 좋을 듯했다. 그리하여 2학기 수업 내용 중 수열 단원과 자신의 꿈의 변천사를 연결시켜 보았다. 이것이 이 책의 두 번째 테마이다. 현재 생각하는 아이들의 꿈은 어느 정도 나의 예상을 벗어나지 않는 범주 안에 들어 있었지만 어릴 적 아이들의 꿈은 과연 무엇이었을까 무척 궁금했다. 결론적으로 지금과 비슷한 꿈을 가진 아이들도 있었지만 지금과는 사뭇 다른 계열의 꿈을 가졌던 아이들도 있었다. 어릴 적 꿈을 맘에 간직하게 된 사연이라고 하면 거창하지만 그래도 그러한 꿈을 꾸었던 시절의 이야기가 궁금했다. 그리고 어떤 이유로 아님 어떤 계기로 현재의 꿈을 가지게 되었는지도 궁금했다. 미래의 자신의 모습은 현재 자신이 계획하고 있는 꿈속의 모습과 차이가 없었지만 미래의 자신이 꿈꾸는 모습으로 완성되기 위해서 현재의 나는 무엇을 해야 하고 앞으로 어떻게 나아가야 할지를 생각해 보는 기회가 되었으면 좋겠다.

초등학교, 중학교, 고등학교 학창시절을 지내면서 한 가지 꿈을 가지고 이를 맘에 품고 살아온 사람은 거의 없을 것 같다. 물론 돌고 돌아서 어린 시절 꿈꿨던 것을 향해 걸어가고 있는 사람들도 있겠지만 많은 사람들이 현실에서 좌절하고 일어서기를 반복하며 현실과 타협해 가며 자신의 어릴 적 꿈이나 현재의 꿈을 잊어버리고 사는 것이 아닐까? 하는 생각이 든다. 특히 고등학교 시절에는 입시와 성적이라는 것이 발목을 잡고 있어 더욱 이러한 갈등과 고민 속에 살고 있지 않을까 싶다. 그 와중에도 자신이 하고 싶은 것을 생각해 보고 자신의 꿈을 꿀 수 있는 시간이나 기회가 주어진다는 것 자체가 소중하고 값진 것이 아닐까. 자신의 꿈을 향해 가기 위해 노력하는 그 모습 자체가 아름답다.

말이 길었다. 고민이 많았던 나의 길을 돌이켜 보는 과정에서 쓴 글이라서 어느 지점을 끊어내기가 쉽지 않다. 이 책을 읽는 이들에게 간결하게 나의 생각과 마음을 다음 시로 대신 갈음한다.

너의 길을 응원한다

                    서윤덕

어깨를 활짝 펴거라
거울 한번 더 보고 매무새를 보렴
올라간 입꼬리 가벼운 발걸음
네 앞에 넓고 큰 길이 펼쳐졌구나
가다가 좁은 길이 나오더라도 움츠리지 마
가시덤불길이 나왔다고 주저 앉으면 안 된다
그 길 너머에
푸른 초원 향기나는 꽃길이 너를 기다리고 있으니

2020년 10월, 수학샘이 씀

문과 바보샘과 수학의 만남

학창시절 '수학'이란 만만찮은 대상과 힘겨루기를 했던 다양한 경험들을 아주 오랜만에 떠올려 봤습니다. 혹자는 정석 수학을 통째 암기했다고 해서 웃음을 주기도 했지만, 저 역시 별반 더 낫지 않은 수준에서 수학 공부를 했던 것 같습니다.

수학은 한때 입시용이며 특정 분야 전공자들을 위한 거라고 말하는 아이들과 크게 다르지 않은 수준의 국어교사가 올해는 '수학 책 쓰기'를 했네요.

이런 날을 위해서 어린 시절에 구구단도 외우고 미적분도 풀었을지도 모른다는 뜬금포 같은 인연설을 늘어놓을 만큼 무척 감격스럽습니다. 다시금 수학과 만나게 된 것은 옆자리에 계신 수학 선생님과의 만남이 있었기 때문입니다.

선생님들 누구나 자신의 교수법을 연구하지만 박순연 선생님의 열정과 학생 중심 수업은 인상적이었습니다. 수학 교과와 상관없이 선생님께는 배울 점이 많아서 자주 이야기를 나누던 중 수학으로 자신의 꿈을 표현하는 활동을 하는 걸 보고는 정말, 전 입이 쩍 벌어졌습니다.(식상한 표현이지만, 실제 그러했네요.) 유레카! 수학을 이렇게도 할 수 있구나! 하는 생각과 동시에 좋은 것은 널리 알려야겠다는 생각이 들었죠. 무엇보다 아이들에게 의미가 있을 이 과정을 책으로 남겨야겠다는 생각에 수학 책쓰기 동아리를 제안했습니다. 선생님께서는 다른 수학 선생님들도 다하는 거라고 극구 사양하셨지만 반 설득과 반 협박(?)으로 '수국화' 동아리 학생들을 또 운명적으로 만나게 되었습니다.

'수국화' 동아리가 결성되고 이후 수학과 국어의 팀티칭 동아리 활동이 이어졌습니다. 제가 늘 꿈꾸던 타교과와의 융합 책쓰기 수업을 하게 된 거지요. 수학 도서 읽기와 토론 활동에 이어 자신의 꿈을 수학적으로 표현하고 글로 적어 봤습니다. 매 수업이 흥분되고 설렜지만 코로나 19로 인하여 학생들을 많이 만날 수 없다는 가장 큰 문제를 극복하기 위해서 한번 수업을 하게 되면 만반의 준비를 하고 초집중해서 활동들이 이어졌던 것 같아요.

코브라 아니고 '지오지브라', 넷마블 아니고 'Lemma', 고가 아니라 '축위'를 이야기하는 친구들 앞에서 문과 바보샘은 그래도 마냥 즐거웠습니다. 이 책의 제목을 정하기 위해 이것저것 난상 토론을 할 때, 친구들의 제안을 듣고는 '점·근·선'이라고 칠판에 받아 적었다가 친구들에게 큰 웃음을 주기도 했지요. '점근선' 같은 것을 역으로 공부도 하고 수학적인 표현과 그 속에 담은 아이들의 삶의 이야기를 했습니다. 코로나 19에도 아이들과 소통하면서 웃을 수 있는 시간을 보냈고 새롭고 다양한 관점들의 이야기꽃을 피우며 서로를 존중할 수 있었습니다.

자신이 가지고 있는 지식과 경험, 생각과 느낌을 어떻게든 표현할 수 있어야 한다고 생각하며 자신을 가장 잘 정립할 수 있는 것이 책쓰기라고 믿고 있습니다. 올해 수업한 '수학적으로 표현한 책쓰기'는 새로운 장르 쓰기의 시도였으며 책쓰기의 무한한 가능성을 보여줬습니다. 참 멋진 사람들을 만나서 마음을 가득 채우는 한 해를 보냈습니다.

모두들 감사합니다.

2020년 11월 10일
온 우주에 감사하며 묘샘 씀.

차례
☆★

1부　도형방정식으로 꿈 그리기

2부 수열로 꿈 다가가기

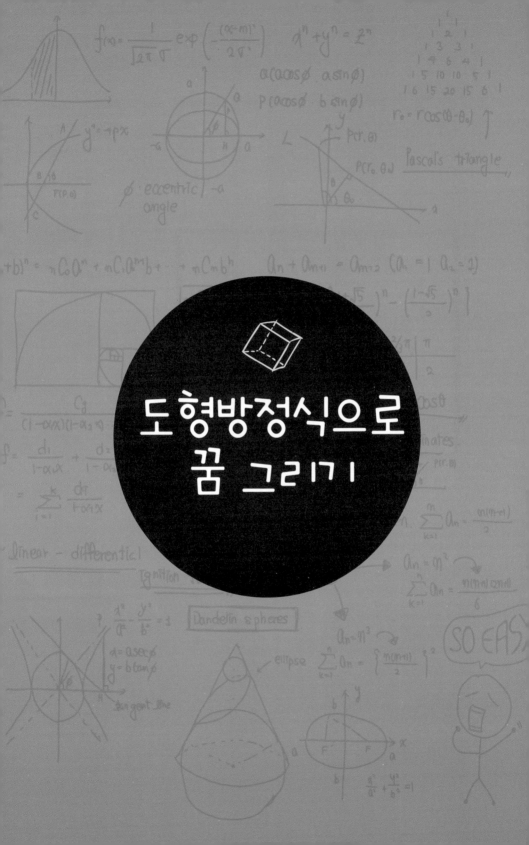

프로그래머, 나의 꿈을
Compile 하다

곽민수

나의 꿈 그리기 수식

① $(x+12)^2 + (y-10)^2 = 100 \ (-22 \le x \le -12)$

② $y = 10\sin(0.2(x-10)) + 10 \ (-10 \le x \le 5\pi - 10)$

③ $y = -10\sin(0.2(x-10)) + 10 \ (-10 \le x \le 5\pi - 10)$

④ $x = 8 \ (0 \le y \le 20)$

⑤ $(x-8)^2 + (y-10)^2 = 100 \ (8 \le x \le 18)$

⑥ $y = -2 \ (-22 \le x \le -12)$

⑦ $x = -17 \ (-22 \le y \le -2)$

⑧ $y = -22 \ (-22 \le x \le -2)$

⑨ $x = -10 \ (-22 \le y \le -2)$

⑩ $y = -\dfrac{5}{3}x - \dfrac{56}{3} \ (-10 \le x \le 2)$

⑪ $x = 2 \ (-22 \le y \le -2)$

⑫ $y = \dfrac{5}{4}x - 17 \ (4 \le x \le 12)$

⑬ $y = -\dfrac{5}{4}x - 7 \ (4 \le x \le 12)$

⑭ $y = \dfrac{5}{3}x - 42 \ (12 \le x \le 18)$

⑮ $y = -12 \ (12 \le x \le 18)$

⑯ $y = 25 \ (-29 \le x \le 26)$

⑰ $y = 24 \ (-28 \le x \le 25)$

⑱ $x = 21 \ (-27 \le y \le 25)$

⑲ $x = 20 \ (-26 \le y \le 24)$

⑳ $y = -27 \ (-29 \le x \le 26)$

도형방정식 해법
나의 꿈풀이

앞에 도형방정식으로 그린 그림을 보면 어떤 것이 떠오르나요? 컴퓨터 모니터와 C, O, D, I, N, G. 맞습니다! 저의 꿈은 아주 오래전부터 컴퓨터 프로그래머였습니다. 제 꿈은 아마 초등학교 들어가기 전부터 시작되었던 것 같아요. 저는 6살 때 처음 '컴퓨터'라는 것을 만져보게 되었습니다. 아버지의 영향으로 당시에 아주 흔하지는 않던 컴퓨터로 이것저것 실행해 보면서 친해진 것 같습니다.

초등학교에 들어가서도 한 번도 빠짐없이 컴퓨터 방과 후 교실을 신청하였습니다. 그렇게 '컴퓨터'와 가까워지면서 4학년 때는 처음으로 프로그래밍을 접해 보게 되었습니다. 제 첫 컴퓨터 프로그래밍 언어는 'Visual Basic'이었습니다. 그렇게 프로그래밍의 세계에 발을 들이고 도서관에서 책을 빌려 읽거나 학원에 다니면서 프로그래밍에 점점 빠져들었습니다. 당시에는 제게 프로그래밍이란 '내 생각을 구현하는 것'과 같았던 것 같습니다. 그래서 더 멋져 보였습니다.

저는 지금까지 제가 한 선택 중 가장 의미 있고 특별한 선택 중 하나가 바로 컴퓨터 프로그래밍을 한 것이라고 생각합니다. 어떤 아이디어가 떠오를 때 직접 구현해 보고 표현할 수 있는 것은 매우 특별하다고 생각하기 때문이죠. 제 기억에 남는 첫 번째 프로그램은 초등학교 4학년 Visual Basic을 이용해 처음 만든 진법 변환 프로그램이었습니다. 당시 영재교육원에서 진법 변환의 원리를 배우고, 10진법 숫자를 여러 진법으로 바꾸는 활동을 했었습니다. 당시 집에 가서 배운 것을 생각해 보던 중, 관심을 들였던 Visual Basic이 생각났고 진법 변환 프로그램을 만들어보았습니다. 프로그램을 개발하면서 시행착오가 많았지만, 프로그램의 오류를 수정하고 구현하는 과정에서 배웠던 것도 확실하게 복습할 수 있었으며 프로그램이 완성되었을 때의 뿌듯함과 성취감은 아직까지도 잊지 못합니다. 그 외에도 우리 가족끼리만 사용하는 채팅 프로그램을 만들거나, 가족 일기장을 저장하는 사이트를 직접 만들어보는 것. 스도쿠 게임을 해결하는 프로그램을 만들거나 바둑 게임을 플레이하는 프로그램을 만들어보는 것처럼 여러분이 하고 싶은 그 어떤 것도 모두 만들어 낼 수 있습니다! 특히 요즈음에는 알고리즘 공부와 인공지능과 관련하여 공부하면서 최단 경로를 찾아주는 프로그램을 만들거나, 손글씨 인식 프로그램을 만들어보는 더 뜻깊은 경험을 할 수 있었습니다. 여러분도 프로그래밍의 세계에 발을 들여보는 것은 어떨까요? 분명 후회하지 않을 것입니다!

초등학교 4학년 때 처음 만들어 본 진법 변환 프로그램

금빛 동전에서 시작된
나의 꿈, 화학자

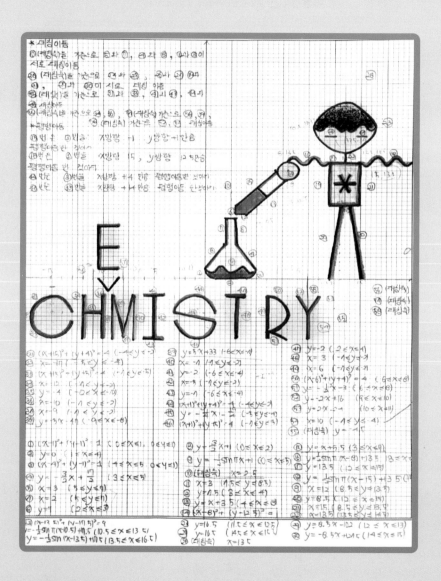

① $y = -\dfrac{3}{2}x + \dfrac{17}{2}\ (3 \leq x \leq 5)$

② $y = \dfrac{3}{2}x + 1\ (0 \leq x \leq 2)$

③ $y = \dfrac{1}{2}\sin \pi x + 1\ (0 \leq x \leq 5)$

④ $(x - 8)^2 + (y - \dfrac{25}{2})^2 = 1$

⑤ $y = x + \dfrac{11}{2}\ (3 \leq x \leq 7)$

⑥ $y = \dfrac{1}{2}\sin \pi (x - 8) + \dfrac{27}{2}\ (8 \leq x \leq 12)$

⑦ $y = \dfrac{1}{2}\sin \pi (x - 15) + \dfrac{27}{2}\ (15 \leq x \leq 20)$

⑧ $(x - \dfrac{27}{2})^2 + (y - \dfrac{35}{2})^2 = 9$

⑨ $y = -\dfrac{1}{2}\sin \pi (x - \dfrac{21}{2}) + \dfrac{35}{2}\ (\dfrac{21}{2} \leq x \leq \dfrac{27}{2})$

⑩ $y = -\dfrac{1}{2}\sin \pi (x - \dfrac{27}{2}) + \dfrac{35}{2}\ (\dfrac{27}{2} \leq x \leq \dfrac{33}{2})$

⑪ $y = \dfrac{17}{2}x - 102\ (12 \leq x \leq 13)$

⑫ $y = -\dfrac{17}{2}x + 127.5\ (14 \leq x \leq 15)$

⑬ $(x + 15)^2 + (y + 4)^2 = 4\ (-4 \leq y \leq -2)$

⑭ $y = -\dfrac{1}{4}x - \dfrac{19}{4}\ (-5 \leq y \leq -4)$

⑮ $(x + 1)^2 + (y + 5)^2 = 4\ (-7 \leq y \leq -5)$

⑯ $(x - 6)^2 + (y + 4)^2 = 4\ (6 \leq y \leq 8)$

도형방정식 해법
나의 꿈풀이

앞의 그림은 저의 꿈, 화학자를 함수를 그래프 화하여 표현한 것입니다. 제가 어떻게 해서 화학자라는 꿈을 가지게 되었는지 이야기해 볼게요.

    사실 저는 어릴 적에는 화학에 큰 관심이 없었습니다. 제 삶과는 거리가 있다고 생각했죠. (사실 제 어릴 적 꿈은 천체 물리학자였습니다! 우주 다큐멘터리에 등장하는 우주의 몽환적 색감에 푹 빠졌었죠!)

    그러다 중학교에 입학하고 나서 화학이라는 과목을 접하게 되었습니다. '화학은 물질의 정체와 성질을 원자와 분자의 수준에서 설명하고, 새로운 화합물을 합성하는 화학 반응의 특성을 연구하는 학문' 사전에는 이렇게 제시되어 있죠. 생각만 해도 딱딱하고 지루함이 느껴진다고요? 사실 그렇지 않습니다! 시약을 섞고 색이 변하고, 새로운 물질이 만들어지고, 작은 시약병 안에서 일어날 수 있는 일들은 정말 무궁무진하답니다.

    특히 제가 화학에 정말 빠질 수 있었던 일이 있었습니다. 중학교 시절 영재원을 함께 다녔던 친구 한 명이 제게 영롱한 금빛 동전을 자랑했습니다. 단순한 동전인 줄 알았으나, 자세히 보니 실제로 쓰는 100원 동전이었습니다. 너무 신기하여 저는 집요할 정도로 친구에게 그 방법을 물어봤지만, 비밀이라며 절대 그 비밀을 알려주지 않았죠. 그래서 저는 스스로 인터넷을 뒤져가며 그 비밀을 찾으려 노력했습니다. 그 결과 저는 동전에 도금하는 실험 영상을 찾을 수 있었죠.

실험은 생각보다 간단했습니다. 저는 여기서 그 원리가 궁금해졌습니다. 실험 영상의 설명에서는 전기화학, 화학 반응식, 산화, 환원 등 생전 처음 들어보는 단어들만 늘어놓았습니다. 그것들을 처음 접한 저로서는 도저히 이해할 수 없는 것들이었죠. 그래서 처음부터 하나하나 공부하기 시작했습니다. 이것이 제가 화학을 본격적으로 공부하기 시작한 계기가 된 것이죠. 제목에 '화학'이란 글자가 적힌 책들을 있는 대로 골라서 읽어보았고, 인터넷에서, 많은 화학에 관한 영상들을 찾아보았습니다.

화학은 제가 생각했던 것보다 즐겁고 흥미로운 학문이었습니다. 용액을 섞으니 색이 변하고, 높은 곳에 올라가면 물의 끓는 점이 낮아지는 등 단순히 보기만 해서는 그 원리를 이해할 수 없는 많은 현상을 화학을 통해 설명할 수 있었죠. 제가 커서 이처럼 단순히 보아서는 설명할 수 없는 현상들을 화학적인 원리를 통해 설명하고 현대의 과학 기술에 발전에 이바지하는 연구를 한다는 상상은 이미 제가 화학자라는 진로를 마음속에 품고 있다고 말해 주었습니다. 처음 가졌던 단순한 흥미가 커지고 커져서 결국 화학은 화학자라는 저의 장래 희망과 연결되었습니다. (사실 제가 화학자라는 진로를 고민하는 과정, 결정하게 된 계기, 그 과정에서 경험했던 여러 실험 등 하고 싶은 이야기가 더 많지만... 그 이야기는 뒤에 '수열로 나의 꿈 다가가기' 부분에서 더 자세히 설명하도록 할게요 ^^)

그럼 이제, 다시 그림을 살펴볼까요? 우선 가장 크게 보이는 것은 'CHEMISRTY'라는 글자입니다. 바로 화학이라는 뜻이죠. 그 옆에 보이는 사람은 바로 저입니다. 미래에 화학자가 되어 여러 시약을 섞으며 실험을 하는 모습을 표현한 것이죠. 제 옷에는 흔히들 아는 별표(*)가 그려져 있습니다. 이것은 우리 학교의 마크에도 있는 원자 구조를 형상화한 그림입니다. 비슷하게 보이나요?

마지막으로 그림에 나와 있는 도구들을 간단하게 설명하자면, 제가 손에 들고 있는 것은 스포이트입니다. 흔히 작은 양의 액체를 흘려내는 용도로 사용하죠. 또한 바닥에 놓인 것은 삼각플라스크입니다. 시료를 담고 실험을 하기 위해 사용되는 도구입니다. 미래 저의 모습이 딱 이렇지 않을까? 하고 오늘도 꿈꿉니다.

꿈 사세요. 값은 치르지 않아도 됩니다

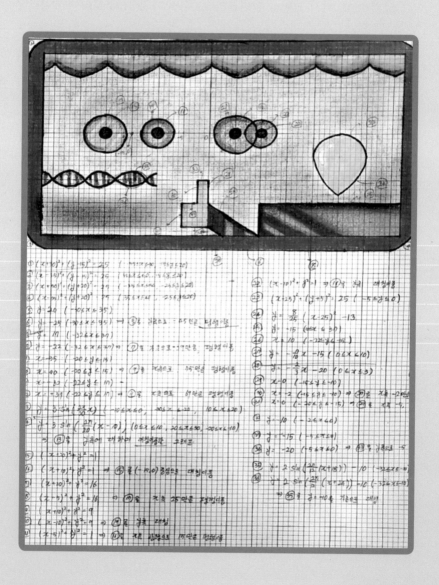

① $(x+30)^2 + (y-15)^2 = 25 \, (-35 \le x \le -30, \, 15 \le y \le 20)$

② $(x+30)^2 + (y+20)^2 = 25 \, (-35 \le x \le -30, \, -25 \le y \le -20)$

③ $(x-35)^2 + (y-15)^2 = 25 \, (35 \le x \le 40, \, 15 \le y \le 20)$

④ $(x-35)^2 + (y+20)^2 = 25 \, (35 \le x \le 40, \, -25 \le y \le -20)$

⑤ $y = 3\sin\left(\dfrac{2\pi}{20}x\right) (-10 \le x \le 0, \, -30 \le x \le -20, \, ...)$

⑥ $y = 3\sin\left(\dfrac{2\pi}{20}(x-10)\right) (0 \le x \le 10, \, 20 \le x \le 30, \, ...)$

⑦ $(x+20)^2 + y^2 = 1$

⑧ $(x+10)^2 + y^2 = 1$

⑨ $(x+20)^2 + y^2 = 16$

⑩ $(x-5)^2 + y^2 = 16$

⑪ $(x+10)^2 + y^2 = 9$

⑫ $(x-10)^2 + y^2 = 9$

⑬ $(x-5)^2 + y^2 = 1$

⑭ $(x-10)^2 + y^2 = 1$

⑮ $(x-25)^2 + (y+5)^2 = 25 \, (-5 \le y \le 0)$

⑯ $y = \dfrac{8}{25}(x-25)^2 - 13$

⑰ $y = -15 \, (10 \le x \le 37)$

⑱ $y = -\dfrac{7}{10}x - 15 \, (0 \le x \le 10)$

⑲ $y = 2\sin\left(\dfrac{2\pi}{12}(x+18)\right) - 10 \, (-32 \le x \le -10)$

⑳ $y = 2\sin\left(\dfrac{2\pi}{12}(x+24)\right) - 10 \, (-32 \le x \le -10)$

도형방정식 해법
나의 꿈풀이

솔직히, 수학으로 그림을 그린다고 하면 거부감부터 드는 사람이 많을 것이다. 나도 그런 평범한 소시민 중 하나였다. 저 작은 그림을 그리는 데만 해도 50가지의 수식들이 사용되었다. 여러분들도 저런 방식으로 그림을 그릴 기회가 생긴다면, 선 하나하나를 자유롭게 그릴 수 있는 게 얼마나 소중한지 다시금 깨달을 수 있을 것이다.

그림의 표현을 위해서, 직선과 삼각함수, 이차함수 등을 이용하여 그리고자 하는 것을 표현하였다. 아무래도 제한된 도구들로만 그림을 그리다 보니 무엇을 표현하였는지 헷갈리기 쉬울 거 같다.

일단 그림 바깥의 테두리는 휴대폰을 표현하려 하였다. 요즘 최신 휴대폰은 저런 베젤이 없다고들 하는데, 저 방법 외에는 표현 방법이 생각나지 않았다.

그림의 좌측에는 엄지척을 하고 있는 나의 모습을 나타낸 것이다. 목도 눈코입도 없어 약간은 기이하게 생겼지만, 얼추 사람 실루엣은 돼 보이니 넘어가도록 하자. 그림 좌측에는 DNA라던가, 원자와 서로 간의 결합을 나타내는 모형들이 있다. 그 위에 삼각함수는 상단의 커튼을 표현하였다.

정리하자면, 휴대폰 속의 나는, 커튼 아래에서 엄지를 지켜 들고 있는데, 그 옆에는 원자와 DNA 모형이 있다. 부연설명 없이는 이해하기 난해한 그림이다.

자, 내가 지오지브라로 표현하고자 한 그림에 설명을 붙이자면, 간단히 말해, 과학 강연을 진행하는 미래의 내 모습을 그려낸 것이다. 대중 앞에서 과학 내용을 설명하고 그 영상이 플랫폼의 인기 동영상에 퍼져 많은 관심을 가지게 되는 모습을 보였다.

처음에 내게 주어진 과제는 "내 꿈"을 함수로 표현하기였다. 아직 학생인 우리는 이런 질문들을 자주 받는다. 앞으로 무엇을 갈망하고, 어떤 꿈을 꿀지. 자신의 인생을 어떻게 꾸려나가고 어떤 지향점을 찾아 나아갈지에 대한 물음들 말이다.

아마, 많은 분들도 그러하듯, 나 또한 이런 질문들을 받을 때면 곤란하기만 하다. 일단, 꿈은 너무 모호한 단어로 느껴진다. 직업, 진로, 하고 싶은 거, 가지고 싶은 거 이런 수많은 개념이 "꿈"이라는 한 단어로 묶이게 된다. 어쩌면 "꿈이 무엇이냐"고 묻는 말은, 앞으로 너의 삶 전반을 어떤 가치관으로 어떻게 살아갈지 깊이 고민해 보라는 속뜻을 품고 있는 것이 아닐까.

그뿐만이 아니다. 꿈은 아직 일어나지 않은 미래다. 미래는 무한한 가능성을 가지고 있다고 한다. 하지만 이를 반대로 말하면, 미래는 불확실성으로 가득 차 있다는 이야기가 된다. 경험상, 아무리 간절히 바라더라도 현실은 우리가 꿈꾸는 방향으로만 나아가주지 않는다.

가끔은 이루지 못한 결과에 좌절하고 끊임없이 노력한 것들이 한순간에 모두 물거품이 되어 사라지는 것 마냥 느껴지기도 한다. 이런 과정이 반복되다 보니 어쩌면 그 '꿈'이라는 걸 질문하는 것이 무슨 소용이 있는지 회의감마저 든다.

어릴 때, 내 꿈은 대통령이었다. 멋진 대통령이 되어서 우리나라를 초강대국으로 만들고 모두가 행복한, 나아가 국경을 허물고 세상 모든 사람이 굶주리지 않으며 행복한 미소만을 짓게 만들겠다고 다짐했다. 하지만 이는 철없는 초등학생의 헛된 희망에 불과하다는 것을 안다. 자라면 자랄수록, 아는 게 많아지고 세상을 겪고 나면, 어릴 때의 꿈이 왜 불가능한 건지 알게 된다. 꿈은 점점 '이상'이 되어 희미해져만 간다. 우리의 꿈은 어쩌면 이상향에 가깝다. 너무나 아름다운 이상은 슬프게도 그 단어의 의미 속에 '불가능'을 내포하고 있다.

이렇다 보니 나는 '꿈'을 멀리하게 되었다. 스스로 꿈꿀 권리마저 포기하며 살고 있다. 과연 나만 그럴까. 당장 거리에 나가 "꿈이 무엇인가요?"라는 질문에 선 듯 답할 수 있는 사람이 얼마나 될까. 더 이상 '꿈'을 떠올리면 희망찬 유토피아보다 암울하고 불확실한 미래만이 그려진다. 꿈은 너무나 아름다운 단어지만, 또 너무나 아름답기에 우리는 다가가기 망설여진다. 꿈의 역설적인 비극이다.

하지만 이제 조금은 생각을 달리하려 한다. 아니, 내 삶인데, 꿈조차 내 마음대로 꾸지 못한다면 얼마나 애달픈가? 미래는 내가 꿈꾼다고 바꿀 수 없다는 걸 안다. 꿈을 이루기 위해 노력한다고 그게 미래로 다가오지 않는다는 것을 안다. 현실은 컴퓨터 게임마냥 노력에 대가로 경험치를 받고 레벨업을 하는 세상이 아니라는 것은 이미 어릴 적 꿈을 벗어던지면서부터 자각하고 있다. 그래도 꿈은 꿀 수 있지 않은가?

　사회는 끊임없이 "꿈을 꾸라."라고 말한다. 정작 꿈을 꿀 권리를 뺏어가는 것은 나 스스로, 자기 자신이다. 스스로 올가미를 조여 매고 고개를 숙여 땅만 보도록 한다. 언제까지 푹 숙인 채 살아갈 건가? 언제까지 내 삶을 갉아먹으며 살아갈 텐가?

　꿈을 꾸면 이룰 수 있다는 책임감 없는 말을 하지는 않겠다. 그럼에도 나는 꿈을 꾸며 살아가려고 한다. 꾸지도 않으면 이루는 것도 없다. 결과가 안 나오면 어떤가? 새로운 꿈을 좇으면 될 일 아닌가? 우리가 꿀 수 있는 꿈의 가능성은 그 무한한 불확실성만큼 많이 존재한다. 꿈은 분명 앞으로 나아가게 해주는 원동력이 되어줄 것이다.

　그렇게 생각한 내 꿈은 생각보다 평범하다. 뭐, 대통령 같은 꿈은 이제 더 이상 꾸지도 바라지도 않는다. 대통령만큼 의미 있는 꿈은 아닐지 몰라도 나름 나의 새 꿈은 꽤 대단하다. 나는 꿈을 파는 사람이 될 것이다. 아 물론 가격은 무료다. 먼 미래라 하더라도 사람들이 꿈을 회피할 것이다. 매번 고민하고 고심하고 있을 수도 있고 혹자는 이미 포기해 버렸을지도 모른다. 나는 그런 사람들에게 다가가 꿈을 팔았으면 한다.

　많은 사람들을 앞에 두고 강연을 하고 싶다. 나는 과학을 좋아한다. 종례의 컴퓨터보다 1억 배 이상 빠른 양자 컴퓨터를 보편화하여 새로운 사업의 혁명을 일으키고 싶다. 이런 내가 꿈꾸는 것들을 사람들에게 보여주고 싶다. 그리고 여러분들도 이상적이고 조금은 철없는, 어쩌면 이루지 못할 꿈이라도 꿔 보라고 말하고 싶다.

꿈의 회로를 만들다

권시오

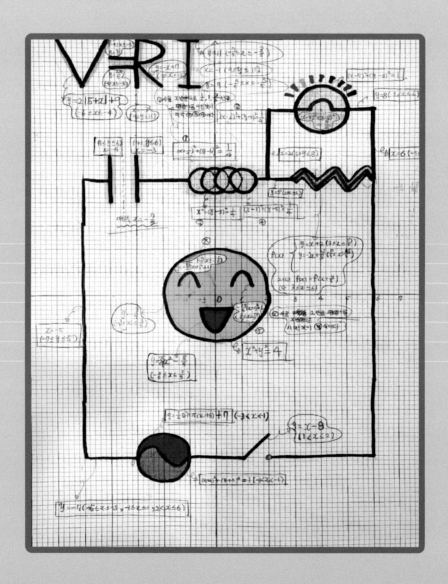

나의 꿈 그리기 수식

① $g(x) = -\dfrac{25}{4}(x+1)^2 + 1 \ (-1.4 < x < -0.6)$

   (왼쪽 눈)

② $f(x) = -\dfrac{25}{4}(x-1)^2 + 1 \ (0.6 < x < 1.4)$

   (오른쪽 눈)

③ $h(x) = \dfrac{35}{12}x^2 - 1.7 \ (-0.6 < x < 0.6)$ (입 하부)

④ $x^2 + y^2 = 4$ (얼굴)

⑤ $p(x) = -0.6 \ (-0.6 < x < 0.6)$ (입 상부)

⑥ 축전기 $x = -4, \ x = -3 \ (4 < y < 6)$

⑦ 코일

   c_1: $(x+0.5)^2 + (y-5)^2 = 0.25$

   d_1: $x^2 + (y-5)^2 = 0.25$

   e_1: $(x-0.5)^2 + (y-5)^2 = 0.25$

   p_1: $(x-1)^2 + (y-5)^2 = 0.25$

   q_1: $(x-1.5)^2 + (y-5)^2 = 0.25$

⑧ 전구

   r_1: $(x-3.5)^2 + (y-8)^2 = 0.25$

   s_1: $(x-3.5)^2 + (y-8)^2 = 1$

⑨ 교류전원

   t_1$(x) = -\sin \pi x - 5 \ (-3 < x < -1)$

   c_2: $(x+2)^2 + (y+5)^2 = 2.02$

도형방정식 해법
나의 꿈풀이

앞의 그림은 전자기학에서 중요한 '전기 회로'이다. 그림에서 알 수 있듯이 나의 꿈은 전자기학 분야의 연구원이 되는 것이다. 전기 회로에는 축전기, 유도기, 저항, 전구, 교류 전원, 스위치 등 많은 기구 들이 들어간다. 가운데에 있는 웃고 있는 사람은 나의 비전, 모든 사람들을 웃게 하는 전자공학 연구원이 되는 것이다.

전자공학 연구원은 뭐야?

　전자공학 연구원이라면 전기를 이용해서 계속 연구만 해가는 사람이 생각날 것이다. 앞의 그림에서 알 수 있듯이 전구 하나를 밝히기 위해서 축전기가 전기를 모으고, 저항이 필요하고, 스위치를 열어야 하고, 건전지가 전기 에너지를 공급해 주어야 한다. 나는 사람들을 밝게 해주는 과학자가 되고 싶다. 무언가를 시도하는 것을 무서워한다면 내가 스위치가 되어 시작을 도와주고 목표를 위해서 노력하고 참아가는 사람들에게는 축전기가 되어 꿈을 모아주고 살아가면서 아픔을 겪어 좌절하는 사람들, 마음속의 저항을 가지고 있는 사람들에게 새로운 도선을 놓아주어 도와주고, 당신을 밝혀줄 에너지를 주는 원동력 같은 과학자가 나의 vision이다. 나는 평소에 슬픈 사람들을 보면 나도 이유 없이 슬퍼지고 안타까워진다. 특히 내가 아끼고 소중하게 생각하는 사람들이 아파한다면 어떻게든 힘이 되고 싶어 노력하는 내 모습이기에 이러한 모습의 전자공학 연구원을 생각하게 된 것 같다.

당신의 꿈을
수식으로 표현해 보세요!

나를 달리게 하는 힘

김나림

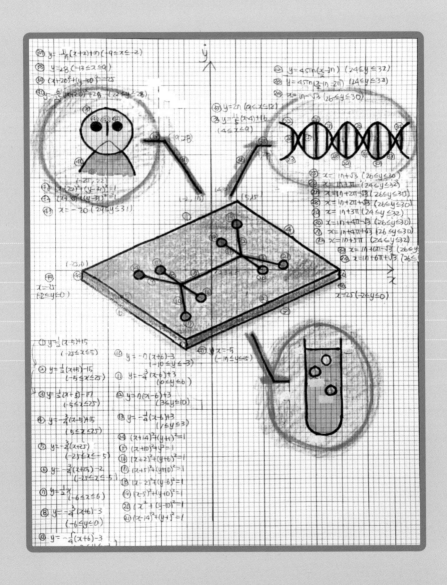

메인 칩	$f(x)=$ 조건$(-25 < x < 5,\ 1/2(x-5)+15)$
	$f_1(x)=$ 조건$(-14 < x < -6,\ -1/4(x-6)-6)$
	$f_2(x)=$ 조건$(-9 < x < -2,\ -11/7(x+2)+17)$
	$g(x)=$ 조건$(-5 < x < 25,\ 1/2(x+5)-17)$
	$g_1(x)=$ 조건$(-6 < x < -5,\ -7(x+6)-3)$
	$h(x)=$ 조건$(5 < x < 25,\ -3/4(x-5)+15)$
	$h_1(x)=$ 조건$(5 < x < 6,\ -7(x-6)+3)$
	$l(x)=$ 조건$(2 < x < 10,\ -3/4(x-6)+3)$
	$p(x)=$ 조건$(-5 < x < 25,\ 1/2(x+5)-15)$
	$p_1(x)=$ 조건$(6 < x < 14,\ -1/4(x-6)+3)$
	$p_2(x)=$ 조건$(-13 < x < -9,\ 28)$
	$q(x)=$ 조건$(-25 < x < -5,\ -3/4(x+25))$
	$r(x)=$ 조건$(-25 < x < -5,\ -3/4(x+25)-2)$
	$s(x)=$ 조건$(-6 < x < 6,\ 1/2x)$
DNA	$q_1(x)=$ 조건$(20 < x < 50, 6\sin(1/2x-17)+30)$
	$q_2(x)=$ 조건$(20 < x < 50, 6\sin(1/2x-17-\pi)+30)$
사람	$c_1 : (x+25.6)^2+(y-32.57)^2=39.86$
	$c_2 : (x+28.01)^2+(y-33.36)^2=1.99$
	$d_2 : (x+23.5)^2+(y-33.33)^2=1.7$

도형방정식 해법
나의 꿈풀이

여러분은 인생을 바쳐 이루고 싶은 꿈이 있나요? 제 꿈은 '모든 사람이 기술로서 각자의 어려움을 극복할 수 있는 세상을 만드는 것' 입니다.

　제가 과학의 발전에 이 한 몸 바치겠다 다짐한 것은 어릴 적 아버지의 연구실을 탐방한 이후였습니다. 이것저것 만지고 보는 걸 좋아하던 제가 아버지께 "아빠, 이건 어떻게 여는 거야? 어떻게 사용하는 거야?" 할 때면 아버지는 항상, "잘 관찰해봐. 관찰 속에 답이 있어." 라고 하셨습니다. 꽤 오랜 관찰 이후 스스로 답을 찾으면 저와 아버지는 함께 손뼉을 치며 기뻐했습니다. 저에게 과학의 세계는 너무나도 신기하고 매력적이었으며, 실험은 너무나 재미있었습니다. 과학, 특히 공학의 모든 분야가 다 흥미롭고 공부하고 싶었으며, 저는 하고 싶은 일과 재미있는 일들이 너무 많았습니다.

　점점 자라 중학교 2학년이 되었을 때, 우연히 한 강연을 듣게 되었습니다. 바로 TED의 강연이었는데요, 저는 공부는 하기 싫지만 또 마냥 놀기에는 시간이 아까운 날 랜덤 주제의 TED 강연을 듣곤 했습니다. 그 강연은 생명공학과 컴퓨터 공학, 전자공학 등이 융합된 바이오일렉트로닉스 분야의 신기술, 'Lab-On-A-Chip'에 대해 설명하고 있었습니다.

'Lab-On-A-Chip' 기술은 아주 작은, 손톱만 한 크기의 칩 위에서 실험실에서 할 수 있는 연구를 진행할 수 있도록 하는 연구입니다. 제가 TED 강연을 통해 접한 분야는 이 중에서도 칩 위에 인체 장기의 기능을 구현하는 'Organ-On-A-Chip'이었습니다.

장기의 기능을 칩 위에 구현하다니? 바로 들어서는 이해가 되지 않을 수 있으니, 예시를 하나 들어 설명해 보도록 할게요. 우리 몸의 장기 중 '폐'에는 공기가 흐르는 길과 피가 흐르는 혈관이 존재합니다. 각각의 통로에 흐르는 공기와 피 사이에 기체 교환, 면역 반응 등의 상호작용이 일어나죠. 'Organ-On-A-Chip'의 일종인 폐 칩 'Lung-On-A-Chip'에는 폐의 기능을 구현하기 위해 다음과 같은 '공기 통로'와 '혈액 통로'가 존재합니다. 각각의 통로에 공기, 그리고 혈액을 대체할 수 있는, 혈구들이 함유된 액체를 채우고, 초미세 유체 펌프 작용으로 이를 순환시킵니다. 두 통로 사이에는 작은 구멍이 존재해 작은 물질들이 이동할 수 있어요. 세포들이 자랄 수 있는 적당한 환경을 만들어주는 단계입니다. 그 다음 단계로는 그림과 같이 폐 세포와 혈관을 이루는 조직세포를 배양합니다. 짠! 이렇게 만들어진 칩 위의 폐로는 인체에서 바로 관찰하기 어려운 실험을 진행할 수 있습니다. 예를 들어, 공기 통로에 병원체를 넣으면, 혈액 통로의 백혈구들이 이를 '잡아먹는' 듯한 모습을 관찰할 수 있죠.

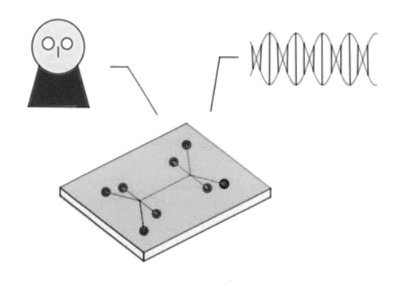

책을 통해 알게 된 장기의 기능을 나노 기술과 초미세 유체역학으로 구현하는 모습도 신기하였지만, 더욱 매력적이었던 것은 개인마다 장기에 이상이 있을 때 이를 치료하기 위해 칩을 통해 맞춤화된 연구를 할 수 있다는 점이었습니다. 'Organ-On-A-Chip'들을 서로 연결해 'Body-On-A-Chip'을 구현하고자 하는 것도 신기했고요.

'대량화'된 기술에서 초점을 바꾸어 개개인을 위한, 유연한 '맞춤형' 기술이 주목받는 시점에서 'Lab-On-A-Chip' 기술은 '모든 사람이 기술로서 개개인의 어려움을 극복하는 세상을 만들겠다'는 저의 꿈과 일맥상통하는 듯 보였습니다. 그렇게 전기, 전자 공학 기술을 사람의 어려움을 극복할 수 있도록 활용하고 싶다는 꿈을 키우게 되었고, 바이오일렉트로닉스 분야의 여러 연구에 관심이 생겼습니다.

바이오일렉트로닉스 분야에서는 생체 암호, 소프트 로봇, 뇌-기계 인터페이스 등을 연구하고 있습니다. 바이오일렉트로닉스 분야 과학자들은 여러 분야의 전문가와 함께 융합적인 연구를 많이 진행하곤 합니다. 저도 저와 다른 공부를 해오고, 다른 생각을 하는 사람들과 함께 연구하며 과학 기술의 발전에 이바지하고자 합니다.

앞의 그림은 도형의 방정식을 이용해 내 꿈을 생각하고 찾게 된 계기인 'Lab-On-A-Chip' 기술과 그 특징들을 표현해 보았습니다.

도형 속에 새겨진
꿈 이야기

김채령

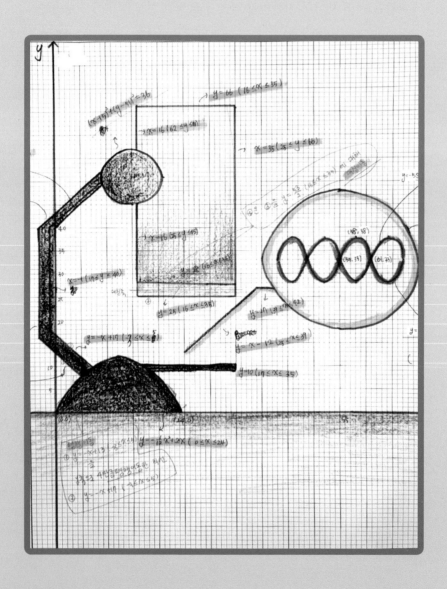

① $(x - 15)^2 + (y - 51)^2 = 36$

② $(x - 15)^2 + (y - 51)^2 = 20.25$

③ $(x - 55)^2 + (y - 33)^2 = 225$

④ $(x - 55)^2 + (y - 33)^2 = 196$

⑤ $y = 5\sin\left(\dfrac{x - 55}{6}\pi\right) + 33 \ (43 \leq x \leq 67)$

⑥ $y = -5\sin\left(\dfrac{x - 55}{6}\pi\right) + 33 \ (43 \leq x \leq 67)$

⑦ $y = -\dfrac{x^2}{12} + 2x \ (0 \leq x \leq 24)$

⑧ $y = x - 12 \ (25 \leq x \leq 39)$

⑨ $y = x + 390 \ (0 \leq x \leq 9.53)$

⑩ $y = -x + 43 \ (25 \leq x \leq 39)$

⑪ $y = -x + 13 \ (-3 \leq x \leq 5)$

⑫ $y = -x + 17 \ (0 \leq x \leq 7.05)$

⑬ $x = -3 \ (16 \leq y \leq 40)$

⑭ $x = 0 \ (17 \leq y \leq 39)$

⑮ $x = 16 \ (25 \leq y \leq 45.08 \,, 56.92 \leq y \leq 66)$

⑯ $x = 35 \ (10 \leq y \leq 12 \,, 25 \leq y \leq 66)$

⑰ $y = 0 \ (0 \leq x \leq 24)$

⑱ $y = 10 \ (17 \leq x \leq 35)$

⑲ $y = 12 \ (12 \leq x \leq 35)$

⑳ $y = 25 \ (16 \leq x \leq 35)$

㉑ $y = 27 \ (39 \leq x \leq 41.4)$

㉒ $y = 66 \ (16 \leq x \leq 35)$

도형방정식 해법
나의 꿈풀이

앞의 그림 속 물체는 무엇일까요? 한눈에 알아볼 수 있듯이 '현미경'입니다. 그리고 현미경으로 관찰하고 있는 것은 이중나선 구조의 'DNA'이죠. 제가 이 그림을 통해 표현하고자 한 것은 저의 꿈, 유전공학연구원입니다.

유전공학연구원은?

유전공학연구원은 쉽게 말하자면 사람의 생김새, 머리카락, 성별 등을 결정하는 DNA에 관하여 연구하는 사람이죠. DNA, 크기는 작지만 어쩌면 매우 큰, 우리 세포 속의 물질이 전 세계 70억이 넘는 사람들이 모두 달라지도록 만들어줍니다. 인과관계가 분명하며 필연성으로 대표된다고 할 수 있는 과학이지만 이처럼 모순적인 생명과학의 일부분. 이러한 신비한 사실은 저의 흥미를 이끌었고, 유전공학연구원의 꿈을 가지게 해주었습니다.

저의 생물 실력을 아는 사람이라면 저의 꿈에 놀랄 것입니다. 다시 말해 저는 생물을 월등히, 아니 잘하는 축에도 속하지 못합니다. 그렇지만 잘하는 것이 꿈이라고 생각하지는 않습니다. 잘하지는 않더라도 흥미를 느끼고 좋아하는 것. 그것이 바로 꿈을 결정하는 것이 아닐까요? 처음에는 싫어하였지만, 좋아하게 된 생명공학 중 유전학. 저는 지금 이 꿈을 이루기 위해 노력하고 있습니다.

[DNA와 염기서열]

그렇다면 앞의 그림에 대하여 소개를 해보도록 하겠습니다. 위의 그림 속에서 보이는 현미경 속에는 다양한 직선의 방정식과 원의 방정식이 사용되어 있습니다. 직선의 방정식에 경우, x축, y축에 평행한 직선들이 매우 많죠. 이외에도, 이차곡선의 일부 중 하나인 포물선이 그려져 있습니다. 이뿐만이 아닙니다. 빨간색과 파란색으로 그려진 DNA는 삼각함수, sin 함수로 그렸습니다. sin과 cos, 평행이동을 사용하면 되기에 무엇을 사용하든 상관이 없지만, 저는 sin 함수로 그 앞에 붙는 계수의 부호를 활용하여 표현하였습니다.

생물에 빠져버린 나, 이제는 그 맛을 알려줄 때

박유성

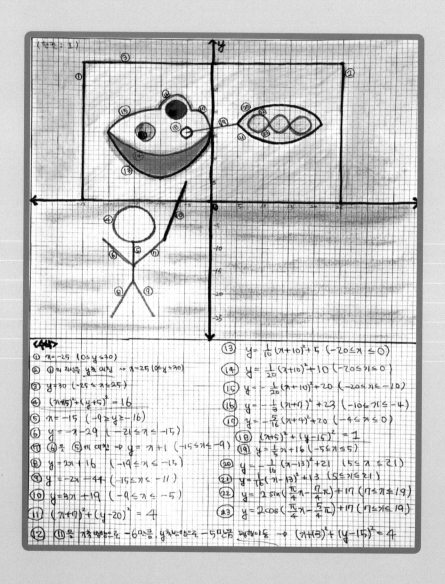

나의 꿈 그리기 수식

① $x = -25 \ (0 \leq y \leq 30)$

② ①의 직선 y축 대칭: $x = 25 \, (0 \leq y \leq 30)$

③ $y = 30 \, (-25 \leq x \leq 25)$

④ $(x+15)^2 + (y+5)^2 = 16$

⑤ $x = -15 \, (-16 \leq y \leq -9)$

⑥ $y = -x - 29 \, (-21 \leq x \leq -15)$

⑦ ⑥을 ⑤에 대칭: $y = x + 1 \, (-15 \leq x \leq -9)$

⑧ $y = 2x + 16 \, (-19 \leq x \leq -15)$

⑨ $y = -2x - 44 \, (-15 \leq x \leq -11)$

⑩ $y = 3x + 19 \, (-9 \leq x \leq -5)$

⑪ $(x+7)^2 + (y-20)^2 = 4$

⑫ $(x+13)^2 + (y-15)^2 = 4$

⑬ $y = \dfrac{1}{10}(x+10)^2 + 5 \, (-20 \leq x \leq 0)$

⑭ $y = \dfrac{1}{20}(x+10)^2 + 10 \, (-20 \leq x \leq 0)$

⑮ $y = -\dfrac{1}{20}(x+10)^2 + 20 \, (-20 \leq x \leq -10)$

⑯ $y = -\dfrac{1}{3}(x+7)^2 + 23 \, (-10 \leq x \leq -4)$

⑰ $y = -\dfrac{5}{16}(x+4)^2 + 20 \, (-4 \leq x \leq 0)$

⑱ $(x+5)^2 + (y-15)^2 = 1$

⑲ $y = \dfrac{1}{5}x + 16 \, (-5 \leq x \leq 5)$

⑳ $y = -\dfrac{1}{16}(x-13)^2 + 21 \, (5 \leq x \leq 21)$

㉑ $y = 2\sin\left(\dfrac{\pi}{4}x - \dfrac{7}{4}\pi\right) + 17 \, (7 \leq x \leq 19)$

도형방정식 해법
나의 꿈풀이

저는 생물학 교수를 꿈꿉니다. 중학교 때부터 자연 관찰대회를 나가며 식물과 친구가 되었고, 고등학교에 와서는 신비하고 아름다운 생물의 세계에 푹 빠져버렸죠. 뜨거운 햇볕 아래 애벌레를 만지고 흙을 파헤쳐 식물의 뿌리를 찾으면서 자연과 친해지는 방법을 배웠고, 제 주변의 살아 있는 것들에 대해 관심을 가지게 되었습니다. 미래의 제가 어떠한 직업을 가지더라도, 그것은 아마 생명과학 분야가 될 것 같아요.

　여러분은 생물을 좋아하시나요? 네? 안 좋아한다고요?
　사실 제 친구들도 그렇습니다.

　A: 생물은 너무 외울 게 많아요. ㅠㅠㅠ
　B: 그래도 생물 재미있지 않아? 외울 것은 많아도.
　C: 생물은 아직 밝혀지지 않은 것이 무궁무진하게 많아서　　이

자율연구를 하면서 키우고 있는 달개비 풀 모종 100개

해하기 너무 어려워요. ㅜㅜㅜ

　전국에서 아주 뛰어나고 공부를 사랑하는 학생들이 모인 영재학교에서도 생물을 좋아하는 사람은 몇몇 없었습니다. 그러나 저는 친구들에게 생명과학의 즐거움을 알려주고 싶었어요. 제가 존경하는 생물 선생님은 언젠가 제게 이렇게 말했어요.

　"생물은 웹툰 수준입니다. 아미노산 구조 20개 외우세요."

　내가 좋아하는 웹툰이 생물이라고? 무슨 말이야? 이런 생각이 드실 수도 있겠지만, 그림을 그려보면서 공부할 때 생물은 정말로 재미있는 과목이 됩니다. 수많은 효소의 체계적인 단계, 호르몬이 항상성을 조절하는 방법이나 칼슘이 어떻게 트로포닌에 붙어 근육이 수축하는지를 그려보면 생물의 묘미를 느낄 수 있을 것입니다.

'외운다.' 생물을 공부할 때 가장 많이 하는 행동이고, 아주 힘들고 어렵습니다. 너무 외울 게 많아서 짜증이 나기도 하고요.

하지만 저는, 친구들에게, 그리고 여러분께 생물의 즐거움을 알려주고 싶습니다. 단순히 암기가 아닌, 하나의 적혈구가 되어 온몸을 누비는 그 이야기를 들려드리고 싶었습니다. 그래서 저는 스토리텔링으로 학생과 교사가 함께 우리 몸과 주변의 생명체들을 탐구하는 꿈을 꾸었고, 자연스럽게 생물학 교수의 꿈을 갖게 되었습니다.

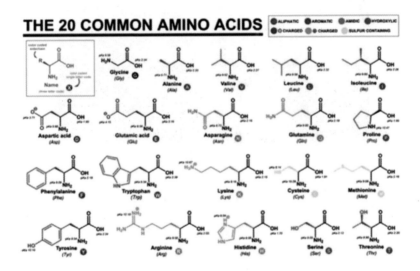

아미노산의 20가지 구조: 학생들에게 생물은 암기 과목이라는
인식을 심어주고, 생물 공부를 싫어하게 만드는 아이들

생물학 교수가 되면 학생들에게 생물의 즐거움을 알려주고, 나의 인체를 탐구하는 즐거움을 알려주고 싶습니다. 생물은 암기 과목이

아니라 수많은 반응이 연계되는 일련의 유기적인 과정임을 알려주고, 그 과정이 얼마나 체계적으로 이루어지는지를 가르쳐주고 싶습니다. 그리고 교수가 되면 지루한 강의식 수업 대신 학생들이 직접 참여하는 교육, 직접 실습하고 실험을 해보는 메이커 교육을 통해 생물의 즐거움을 깨달을 수 있게 할 것입니다.

영재학교에서 직접 경험하고 있는 메이커 교육

그럼 지금부터 도형방정식으로 그린 그림에 대해 살펴보겠습니다. 그림에 나타나 있는 교수님은 제가 상상하는 미래의 제 모습입니다. 칠판 앞에 서서 학생들을 가르치고 있네요. 아마 미래에는 칠판이 아니라 스크린으로, 혹은 홀로그램을 활용해 수업할지도 모르겠네요. 입체적인 홀로그램을 활용하면 복잡한 인체의 구조를 학생들이 이해하기 쉽게 가르칠 수 있을 것 같습니다.

칠판 왼쪽에 그려져 있는 분홍색 물체는 바로 동물 세포를 간단하게 그린 그림입니다. 짙은 빨간색 원은 핵을 나타냈고, 노란색은 다른 세포 소기관을 나타낸 그림입니다. (동그란 것을 보니 리소좀이나 골지소낭 같은 것일까요?) 세포질에 위치한 여러 세포 소기관 중에, 어느 한 소기관을 확대한 그림이 보이시나요? 짐작하셨듯이, 바로 미토콘드리아입니다. 미토콘드리아는 포도당을 분해하여 ATP를 얻는 과정인 세포호흡이 일어나는 장소인데요. 미토콘드리아 내막(안쪽에 있는 세포막)의 크리스타(Crista)구조를 사인 함수와 코사인 함수를 이용해 표현했습니다. 생물과 수학은 정말 연관이 많네요!!

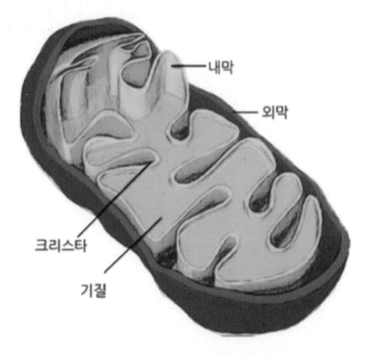

〈실제 미토콘드리아의 구조〉

내가 앞으로 수학을
써먹을 곳

이성훈

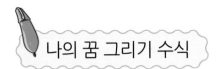

나의 꿈 그리기 수식

① $x^2 + y^2 = 100$

② $(x+5)^2 + (y-3)^2 = 4$

③ ②를 y축에 대칭이동 $(x-5)^2 + (y-3)^2 = 4$

④ $x^2 + y^2 = 9 \, (y \leq 0)$

⑤ $y = -\dfrac{1}{5}x^2 - 5 \, (-10 \leq x \leq 10)$

⑥ $y = -25 \, (-10 \leq x \leq 10)$

⑦ $x = -5 \, (-40 \leq y \leq -25)$

⑧ ⑦을 y축에 대칭이동 $x = 5 \, (-40 \leq y \leq -25)$

⑨ $y = -40 \, (-10 \leq x \leq -5)$

⑩ $y = -40 \, (5 \leq x \leq 10)$

⑪ $y = -\tan\left(\dfrac{\pi}{20}x - \dfrac{\pi}{4}\right) - 10 \, (-23 \leq y \leq -10)$

⑫ $y = -\tan\left(\dfrac{\pi}{20}x + \dfrac{\pi}{4}\right) + 10 \, (-10 \leq y \leq 3)$

⑬ $x = 3 \, (15 \leq y \leq 35), x = 6 \, (15 \leq y \leq 35)$

   $y = 15 \, (3 \leq x \leq 6), y = 35 \, (3 \leq x \leq 6)$

⑭ $x = 8 \, (15 \leq y \leq 35), x = 11 \, (18 \leq y \leq 32)$

   $x = 14 \, (15 \leq y \leq 18, 32 \leq y \leq 35)$

   $y = 15 \, (8 \leq x \leq 14), y = 18 \, (11 \leq x \leq 14)$

   $y = 32 \, (11 \leq x \leq 14), y = 35 \, (8 \leq x \leq 14)$

⑮ ⑬을 x축 방향으로 13만큼 평행이동

   $x = 16 \, (15 \leq y \leq 35), x = 19 \, (15 \leq y \leq 35)$

   $y = 15 \, (16 \leq x \leq 19), y = 35 \, (16 \leq x \leq 19)$

⑯ $y=5x-90\,(21\leq x\leq 25),\ y=-5x+180\,(31\leq x\leq 35)$

$y=-\dfrac{20}{3}x+\dfrac{505}{3}\,(25\leq x\leq 28),\ y=\dfrac{20}{3}x-\dfrac{545}{3}\,(28\leq x\leq 31)$

⑰ $x=-35\,(20\leq y\leq 35)$

⑱ $x=-25\,(20\leq y\leq 35)$

⑲ $y=35\,(-35\leq x\leq -25)$

⑳ $y=20\,(-35\leq x\leq -25)$

㉑ $y=5\sin\left(\dfrac{\pi}{20}x+\dfrac{5}{2}\pi\right)+25\,(-25\leq x\leq 0)$

㉒ $y=5\sin\left(\dfrac{\pi}{20}x+\dfrac{5}{2}\pi\right)+30\,(-25\leq x\leq 0)$

도형방정식 해법
나의 꿈풀이

저는 어릴 때부터 수학을 좋아하고 열심히 공부했지만 정작 "수학을 나중에 어디에 써먹을 것인가?"라는 질문에는 제대로 대답하지 못했습니다. 기껏해야 물리, 화학 등 다른 분야로 응용할 때만 사용할 수 있으리라 생각했죠. 수학에 적성이 맞았던 것은 사실이었지만 순수 수학자와 같이 이론적인 공부만 하는 것은 조금 더 실용적인 일을 하길 원했던 제가 바라는 미래와는 어느 정도 거리가 있는 것 같았답니다.

그러던 중 저는 '산업 수학자'라는 특별한 직업을 알게 되었습니다. 산업 수학자는 사회가 직면하고 있는 기술적 문제를 발굴하여 수학적인 방법을 활용해 혁신적인 해결책을 찾는 직업입니다. 예를 들면 딥러닝을 기반으로 한 중력파와 같은 거대과학 데이터 분석 기술 개발, 감염병 확산 모델 등 사회적 문제 해결 기술 마련, 또 최적화 및 수치 모델 개발 기술 개발 등 산업 수학을 기반으로 하여 다양한 사회 문제들을 해결하는 일을 합니다. 제가 오랫동안 관심을 가지고 열심히 공부해온 수학을 통해 많은 사람에게 영향을 끼칠 수 있는 문제점들을 해결한다는 점에서 매우 보람되고 의미 있는 직업이라고 생각했습니다.

"세계적으로 인공지능, 로봇 기술, 생명과학 등의 융·복합 기술과 소프트웨어 혁신으로 이루어지는 4차 산업혁명이 빠르게 확산하고 있습니다. 생체인증, AI 로봇, 무인 자동차, 양자 컴퓨터 개발, 기후변화 대응, 우주개발 경쟁 등이 화두로 떠오르는 가운데, 최근 수학을 기반으로 하는 분석기술이 산업혁신의 핵심으로 등장하면서 수학적 이론과 분석 방법을 활용하여 세상의 문제를 해결하고 산업의 부가가치를 창출하려는 활동이 산업 수학이라는 이름으로 진행되고 있습니다."

(from 산업 수학 혁신센터)

가운데 있는 사람은 미래에 산업 수학자가 된 제 모습을 나타낸 것입니다. 얼굴과 눈, 입은 원으로, 옷은 이차곡선으로 표현하였고 다리와 발은 직선으로, 그리고 팔은 tan 함수를 이용해 한쪽은 들고 있고 반대쪽은 내리게 만들었습니다. 왼쪽 위는 산업 수학을 활용하여 만든 기기에서 나오는 전자기파를 sin 함수를 이용해 표현하였고, 오른쪽 위는 산업 수학 혁신센터의 로고인 ICIM을 직선을 이용해 만든 것입니다.

이번 활동을 통해 저는 앞으로의 저의 꿈에 대해 한 번 깊이 진지하게 생각해 보는 계기가 되었던 것 같았습니다. 또한 저의 꿈에 대해서 그린 그림을 수학적으로 좌표평면 위에 표현해 보면서 실생활에 수학을 적용하는 실제 사례를 스스로 알아낸 것 같아 뿌듯한 마음이 들기도 하였습니다.

수학을 곁들인
약학연구원 나왔습니다

장동훈

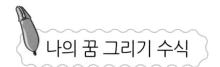

나의 꿈 그리기 수식

① $x^2 + (y-5)^2 = 4$

② $y = -x^2 + 3 \, (-2 \leq x \leq 2)$

③ $y = \dfrac{1}{4}(x+3)^2 + 2 \; (-5 \leq x \leq -1)$

④ $y = \dfrac{1}{4}(x-3)^2 + 2 \; (1 \leq x \leq 5)$

⑤ $x = -5.5 \; , \; x = -5 \; (1 \leq y \leq 3)$

⑥ $y = \dfrac{1}{5} sin\left(\dfrac{5\pi}{2}x\right)$

⑦ $y = 2x + 12 \; (-1 \leq y \leq 1)$

⑧ $y = -2x - 9 \; (-1 \leq y \leq 1)$

⑨ $y = -x + 7 \; (4 \leq x \leq 6)$

⑩ $y = -x + 8 \; (5 \leq x \leq 7)$

⑪ $(x-7)^2 + (y-1)^2 = 1$

⑫ $y = \dfrac{1}{5} sin(2\pi x) \, (6 \leq x \leq 8)$

⑬ $(x+2)^2 + (y-7)^2 = \dfrac{1}{4}$

⑭ $(x+3)^2 + (y-8)^2 = \dfrac{1}{4}$

⑮ $(x+4)^2 + (y-9)^2 = \dfrac{1}{4}$

⑯ $y = \dfrac{1}{49}x^2 + 9$

⑰ $(x+5)^2 + (y-\dfrac{25}{2})^2 = \dfrac{1}{4} \, (-5.5 \leq x \leq -5)$

⑱ $y = 11 \; (-5 \leq x \leq -4)$

⑲ $(x+4)^2 + (y-\dfrac{25}{2})^2 = \dfrac{1}{4}$ $(-4 \le x \le -3.5)$

⑳ $y = 12$ $(-5 \le x \le -4)$

㉑ $x = \dfrac{9}{2}$ $(0 \le y \le 12)$

㉒ $(x+1)^2 + (y-1)^2 = 1$

㉓ $y = x + 12$

㉔ $(x-\dfrac{5}{2})^2 + (y-12)^2 = \dfrac{1}{4}$ $(2 \le y \le 2.5)$

㉕ $x = 2$ $(0 \le y \le 12)$

㉖ $(x-\dfrac{5}{2})^2 + (y-11)^2 = \dfrac{1}{4}$ $(10.5 \le y \le 11)$

㉗ $x = 3$ $(11 \le y \le 12)$

㉘ $y = -1$

㉙ $(x+1)^2 + (y-5.6)^2 = 0.16$ $(5.6 \le y \le 6)$

㉚ $(x-1)^2 + (y-5.6)^2 = 0.16$ $(5.6 \le y \le 6)$

㉛ $y = \dfrac{1}{2}x^2 + \dfrac{7}{2}$ $(-1 \le x \le 1)$

도형방정식 해법
나의 꿈풀이

약학연구원이란?

약학연구원(약학연구원)은 이름 그대로 새로운 약을 개발·연구하는 직업이다. 코로나19 시대를 겪으며 수많은 제약 회사가 백신 개발에 뛰어들었으며, 이뿐만 아니라 신종플루, SARS, MERS와 같은 범국민적 유행병이 성행할 때마다 수많은 제약 회사의 주가가 급상승하며 실시간 검색어에 '백신 관련주'가 높은 순위를 차지하는 것을 보았을 것이다. 그렇다면 제약 회사에서 일하는 약학연구원은 어떤 일을 주로 맡는지, 그리고 어떤 과정을 거쳐 외부로 진출하는지 알아보자.

약학연구원이 되기 위한 길은 여러 경로가 있다. 의과대학(이하 의대) 과정을 수료하거나 약학대학(이하 약대) 과정을 거친 후 여러 프로젝트와 논문을 통해 석사과정을 거치는 것이 일반적인 경우이다. 또한 화학 또는 생명 분야의 일반대학을 졸업한 후에도 약학연구원에 대한 충분한 지식이나 경험이 있다면 가능할 수 있다. 주로 대학을 졸업한 후에는 정부 산하 연구기관 또는 제약 회사에 입사하게 되며, 평균연봉은 2019년 기준 4514만 원으로 다른 연구직보다 높은 편에 속한다.[1]

약학연구원의 장점은 다른 연구원보다 '상대적으로' 기대수명이 긴 편이며 넓은 분야로의 진로 변경이 가능하다는 점이다. 연구원의 특성상 다른 직업군보다는 평균 기대수명이 길지는 않지만, 성공적으로 약을 개발한 후에는 '약' 자체의 기대수명이 무한대이기 때문에 신약개발연구원은 상대적으로 다른 연구직에 비해 오래 연구를 할 수 있다. 또한 약학연구원으로 진출한 후 약대 교수나 보건 의료 분야 공무원, 약사 등의 다른 약학 관련 직업으로 확장할 수 있어 직업의 안정성도 높다.

영재고와 약학연구원

내가 약학연구원이라는 꿈을 가지게 된 계기는 '연구원'에보다는 '신약 개발'에 초점이 맞추어져 있다. 매우 어렸을 적에 건강이 좋지 않아 병원에 입원을 오랫동안 한 경험이 있었는데, 어린 시절이었음에도 난치병이나 불치병, 암 등으로 인해 투병하는 내 또래의 아이들이 정말 많았던 기억이 아직도 생생히 남아 있다. 병동 쉼터에 아이들이 모여 놀 수 있는 간이 놀이터가 있었는데, 링거를 맞으면서 가

---

1 커리어넷, 〈신약개발연구원〉

만히 앉아 있는 그 모습이 무의식적으로 뇌리에 박힌 듯하다. 그로부터 몇 년이 지난 후 대구과학고등학교 학생이 되면서 진로를 고민하던 와중 자연스레 신약 개발이라는 분야를 접한 후 관심을 가지게 되었고, 약학연구원이라는 직업을 미래의 직업으로 정하게 되었다.

현재 필자는 약학연구원이 되기 위한 기초를 쌓기 위해 영재고인 대구과학고등학교에서 1년에 한 번씩 팀 프로젝트를 하고 있으며 지도 선생님을 통해 사진으로만 접하던 수많은 연구기기를 직접 조작해 보며 여러 실험을 진행하고 있다. 영재고·과고 진학을 목표로 하는 학생뿐만 아니라 특히 연구에 관심 많은 학생에게 필자의 부족하지만 경험에서 나온 조언을 해주자면 견학 프로그램을 통해서 또는 영재고·과학고에 입학한 후 연구기기들을 최대한 많이 접해 보기를 권한다. 특히 필자가 다니는 대구과학고등학교의 경우 첨단 기기들을 다루는 방법에 대한 수업을 학교 선생님께서 직접 진행하시기 때문에 학교에서의 연구뿐만 아니라 미래에 연구원이 되어서도 엄청난 도움이 될 수 있으니 기회가 된다면 꼭 한 번이라도 경험해 보기를 바란다.

팀과 함께 연구하면서 느꼈던 점은 무엇보다 인내심과 침착함을 가져야 한다는 것이다. 필자는 연구 과정 중 침착함이 부족해 정확성이 필요한 작업을 다시 했던 적이 더러 있었다. 학교에서의 연구뿐만 아니라 연구의 자체적인 특성상 개인보다는 주로 팀별로 진행이 되는데 이러한 자잘한 실수가 쌓이면 팀 전체에게 손해가 갈 수밖에 없다. 따라서 좋은 실험 결과를 위해서는 인내심과 침착함을 가지는 것이 생명이며, 필자도 이러한 부분이 부족해 꾸준하게 실험하며 보완하고 있다.

　연구할 때, 모든 계획이 완벽하게 짜여 있더라도 연구 과정은 여러 변수로 인해 부드럽게 진행되지 않을 수도 있다. 또 팀원과 체계적으로 연구 과정을 수행하더라도 연구 결과가 예상대로 나타나지 않는 가능성은 분명히 존재하며, 무엇보다 연구를 할 때 필자가 생각하는 가장 힘든 부분 중 하나는 바로 연구 결과가 나올 때까지의 기다림이라고 생각한다. 약학연구원의 단점은 실험 시간이 우리의 라이프 패턴과 다른 부분이 많다는 부분이며 이로 인해 새벽이나 밥을 먹을 때에도 실험실에서 결과를 확인해야 하는 경우가 다반사이다. 약학연구원에 대한 내용과 향후 전망, 약학연구자가 되기 위한 과정 등을 조사하면서 깨달은 사실은 바로 약학연구자가 되기 위한 밑 작업은 바로 마음속의 평정심이 흐트러지지 않게 '버티는' 것으로 생각한다. 실험 결과가 마음대로 나오지 않아도 더 개선된 실험 결과를 얻기 위해 새벽에까지 꾸벅꾸벅 졸면서 실험실에 나오는 본인을 자랑스럽게 생각하는 것이 바로 연구를 성공할 수 있는 지름길이다. 성공이 아니어도 어떤가. 정확히 언제인지는 잘 모르지만, 필자의 연구를 담당하시는 선생님께서 우리 팀에게 '연구는 그 결과뿐만 아니라 그 과정도 연구를 통해 배우는 것이다.'라고 하셨던 기억이 난다. 연구의 성패와 관계없이, 우리는 연구를 통해 한 걸음 더 뛰어난 연구자로 거듭할 수 있을 것이다.

운명처럼 이끌린 컴퓨터

김민서

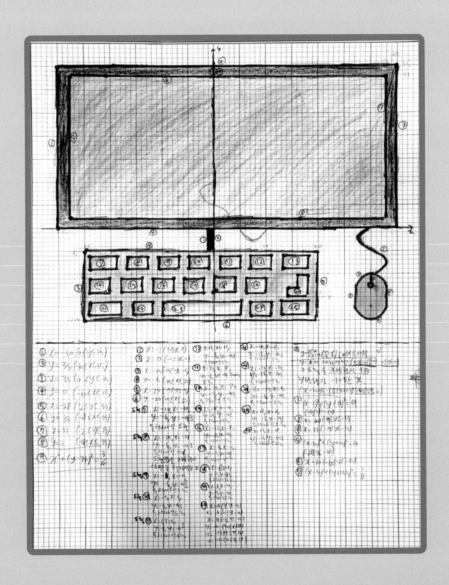

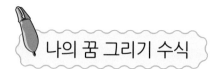 나의 꿈 그리기 수식

① $x = -30 \ (0 \le y \le 35)$

② $y = 35 \ (-30 \le x \le 35)$

③ $x = 35 \ (0 \le y \le 35)$

④ $y = 0 \ (-30 \le x \le 35)$

⑤ $x = -28 \ (2 \le y \le 33)$

⑥ $y = 33 \ (-28 \le x \le 33)$

⑦ $x = 33 \ (2 \le y \le 33)$

⑧ $y = 2 \ (-28 \le x \le 33)$

⑨ $x^2 + (y - 34)^2 = \dfrac{3}{4}$

⑩ $x = -1 \ (-5 \le y \le 0)$

⑪ $x = -0 \ (-5 \le y \le 0)$

⑫ $x = -25 \ (-15 \le y \le -5)$

⑬ $y = -5 \ (-25 \le x \le 20)$

⑭ $x = 20 \ (-15 \le y \le -5)$

⑮ $y = -20 \ (-25 \le x \le 20)$

⑰ $x = -24, \ x = -19, \ y = -6, \ y = -9$

⑱ $x = -17, \ x = -13, \ y = -6, \ y = -9$ (나머지 코드들은 동일한 패턴으로 키보드를 만드는 코드)

⑲ $y = (30 + 3\sin(\pi(k + 10)/5)) \ (-10 \le y \le 0)$

⑳ $(x - 30)^2 + (y + 13)^2 = 9 \ (-13 \le y \le -10)$

㉑ $(x - 30)^2 + (y + 12.5)^2 = \dfrac{1}{4}$

도형방정식 해법
나의 꿈풀이

전 여느 친구들처럼 노는 걸 좋아하는 평범한 아이였습니다. 특히 컴퓨터로 게임 하는 걸 좋아했는데, 네이버에 검색만 하면 나오는 간단한 플래시 게임들을 즐겨 했습니다.

'고군분투', 세상에서 가장 어려운 게임이죠, 다들 아시죠? '굴착소년 쿵'도 정말 재밌었는데, 이건 모르실 수도 있을 거 같아요. 이렇게 저는 게임을 통해서 접한 컴퓨터에 대해서 단순히 '재밌다'라는 이미지를 키워갔습니다.

그러던 어느 날, 저는 한 친구의 집에 놀러 갈 기회가 생겼습니다. 남자애들이 집에서 모이면 뭐 하고 놀지 고민할 것도 없이 우선 컴퓨터부터 켜고 봅니다. (이건 불가항력인 것 같습니다.) 그런데 배경화면에 익숙한 로고가 보였습니다. 네모난 정육면체 잔디 로고, 네, 맞아요. '마인크래프트'입니다. 마인크래프트라는 게임을 알고는 있었지만 해본 적은 없었기에 흥미가 생겼고 바로 실행해 보았습니다. 조작법이 간단하여 손쉽게 익히고, 아이템을 조합하는 방법은 친구의 조언을 들으면서 게임을 진행했습니다.

그런데 정말, 상상 이상으로 너무 재밌는 것이었습니다. 제가 원하는 곳에 블록을 쌓고, 가고 싶은 곳을 막는 블록은 부수며, 점점 좋은 광물들을 얻으며 발전하다 첫 다이아몬드를 얻었을 때의 '희열'은 잊을 수가 없습니다. 스스로 발전한다는 게 스스로 느껴진다는 것은 생각보다 큰 성취감을 가지게 했습니다. 돌이켜보면 '컴퓨터는 정말 재밌구나'라는 걸 확고히 하게 된 계기가 이런 게임들 덕분인 것 같습니다.

게임을 통해 컴퓨터에 대한 흥미를 키워나가던 도중, 저희 아파트 단지에서 프로그래밍을 알려주는 곳이 있다는 소식을 들었습니다. 부모님과의 상의를 통해 수업을 신청하게 되었고, 본격적으로 프로그래밍을 배우기 시작하였습니다. 처음에는 간단히 '스크래치'라는 프로그램으로 입문하였습니다. 나중에 알게 된 사실이지만, 보통 프로그래밍을 이 스크래치로 많이 시작하더라고요. 진입장벽이 높은 프로그래밍을 쉽게 접근할 수 있는 좋은 프로그램이라고 생각합니다.

프로그래밍은 본래 'A라는 작업 이후에 B라는 작업을 실행해줘'와 같은 요청을 컴퓨터에 하는 작업인데, 각각의 작업을 레고의 블록처럼 만들어 블록을 쌓는 방식으로 프로그래밍을 하는 것이 바로 스크래치의 묘미입니다. 제가 의도한 대로 프로그램이 만들어지는 모습에 큰 매력을 느꼈고, 기능을 하나하나 익혀가며 결국에는 제가 게임을 만들었습니다. 그래픽도 허접하고 그렇게 재밌는 게임도 아니지만, 만드는 과정에서 같이 컴퓨터 수업을 듣는 친구의 목소리도 녹음해 넣고 참신한 아이디어가 나올 때마다 추가하는 방식으로 프로그래밍을 하니 정말 재미있게 진행할 수 있었습니다.

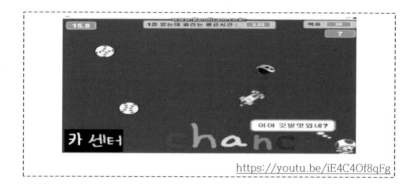

https://youtu.be/iE4C4Of8qFg

　스크래치로 기본을 다진 후에는 C언어를 이용한 본격적인 프로그래밍을 시작하였습니다. 프로그래밍의 기본적인 걸 쉽게 다룰 수 있어서 이후에는 빠른 속도로 프로그래밍을 익혀 나갔습니다. 이번에는 'code blocks'라는 프로그램을 사용하였는데, 이 프로그램 창에 제가 의도한 대로 프로그래밍을 하기만 하면 원하는 결과가 나온다는 점이 신기하고 상당한 흥미를 느꼈습니다.(과장하면 새로운 세상을 만들고 그 세상의 조물주가 된 느낌이랄까?) 프로그래밍에 필요한 기본적인 사용법들을 전부 익힌 후, 생각보다 너무 재밌어서 '정보 분야'가 내 진로가 될 것 같다고 막연히 생각하게 되었습니다.

　이후에 진산과학고등학교에서 소프트웨어 영재원을 처음으로 개설하고 1기 학생을 모집한다는 소식을 듣고는, 바로 신청해 보았습니다. 당시 전 영재고등학교의 시스템조차 모르고 있었기에 '과학고=고등학교 중 가장 좋음' 이라는 이미지가 있었습니다.

　진산 소프트웨어 영재원에 운 좋게 붙게 되었고, 2년간의 수업이 저를 기다리고 있었습니다. 여러 가지 정보 관련 지식도 배웠지만, 그곳에서 함께 지식을 공유하고 같이 웃고 떠들 수 있는 좋은 친구들을 만났다는 점이 가장 좋았던 것 같습니다.(그중에는 현재 대구과학고등학교를 같이 다니는 친구도 있습니다.)

거기서는 창의 산출물대회라고, 매년 자신만의 창작물을 만들어 발표한 후 순위를 매기는 행사가 있었습니다. 1학년 때는 산출물 대회를 그렇게 의식하지 않고 있다가 발표 전날에 새벽까지 문제를 해결하기 위해 애를 쓰며 고생했었습니다. 그때 저의 주제가 '챗봇 만들기'였는데, '어떻게든 되겠지' 하고 시작한 이 챗봇 프로그램은 예상보다 너무 어려웠습니다. 당시 제 실력으로는 한글을 입력받아서 그 한글을 의미 단위로 쪼개는 것조차 힘들었고, 그 의미를 이해해서 AI가 적절히 반응하도록 하는 것은 저에게 불가능에 가까웠습니다. 결국 아주 간소한 형태의 프로그램을 만들 수밖에 없었고 그 결과물에 저조차도 만족할 수 없었습니다.

한 번의 실패를 맛보고 2학년 때는 좀 더 구체적으로, 스스로에게 마음에 드는 프로그램을 짜보고 싶다는 생각이 들었습니다. 갑자기 생각난 것은 '오목 AI'였습니다. 저는 그때 친구들과 오목을 즐겨 두었고, 제 나름의 플레이 방식도 확립하고 있던 차에 갑자기 '이걸 산출물로 만들 수 없을까?'라는 생각을 한 것이었습니다. 물론 오목 ai는 이미 검색만 하면 줄줄이 나올 정도로 희소성이 없는 프로그램입니다. 하지만 이 프로그램을 스스로 만들게 되면 내 수준에 비해 엄청난 무언가를 만들었다는 자부심, 나 스스로가 성장했다는 것에 대한 확신, 그에 자신감마저 따라올 것 같았습니다. 또한 이 프로그램을 만드는 과정에서 오목에 대해 더 근본적인 이해가 가능해지면 오목 실력도 따라올 것 같아 프로그램을 만들기 시작하였습니다.

그런데 1학년 때는 뭣도 모르고 만들려고 시도한 '챗봇 AI'에서의 경험이 '오목 AI'를 만들 때 어느 정도 도움이 되었습니다. 영어, 숫자를 제외한 한글과 같은 문자들은 조금 다른 방식으로 데이터를 취급해야 하는데, 그 방법을 1학년 때 챗봇을 만들면서 어느 정도 익혔던 것입니다. 그 덕분에 저는 오목 프로그램의 인터페이스에 들어갈 기호들을 쉽게 다룰 수 있었습니다. 정말 쓸데없는 작업이었고 스스로도 만족 못 했던 1학년 때의 시행착오가 결국 도움이 되었던 것입니다. 세상에는 쓸모없는 배움이 없다는 걸 느낄 수 있었습니다.

그리고 이 프로그램을 만들기 위해서 제가 오목을 둘 때 무의식적으로 고려했던 오목의 착수 순서를 체계화해야 했습니다. 이를테면 상대방의 오목 돌이 4개 연속으로 놓여 있는데 제 오목 돌이 3개 연속 놓여 있다고 그걸 공격하면 당연히 지게 됩니다. 이런 순서를 고려하니 오목의 착수 고려 순서가 [5칸공격] → [5칸방어] → [4칸공격] → [4칸방어] → [3칸공격]은 필수적으로 적용되어야 함을 알았고, 이 모든 걸 고려했을 때 필수적으로 둬야 할 만한 곳이 없다면 랜덤성을 적용하여 착수는 프로그램을 만들었습니다. 이런 순서를 정확히 해놓아야 오목 ai가 정상적인 오목을 둘 수 있다고 생각했습니다.

그렇게 오목 AI가 완성되었고, 산출물 발표 시간이 다가왔습니다. 다른 작품들과 함께 제 작품이 학교 내의 공간에 전시되었고, 새로 들어온 진산소프트웨어 영재원 2기 1학년 친구들이 작품들을 둘러보며 괜찮은 작품에 점수를 주는 방식이었습니다. 몇몇 친구들이 홍

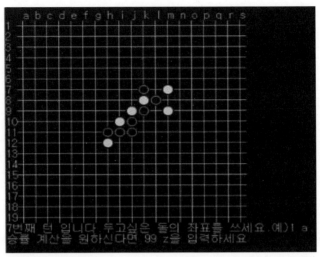
오목 AI 플레이 화면

미롭게 작품들을 탐색하다가 제 작품에서 직접 AI와 오목을 뒀습니다. 의외로 ai를 쉽게 이길 수 없다는 걸 경험하고는 작품이 대단하게 느껴졌는지, 어떻게 만들었는지를 질문했습니다. 저는 최대한 자세하게 설명해 주었고, 동시에 제 프로그램에 대한 자부심을 느낄 수 있었습니다. 결국 친구들 중에 3등이라는 좋은 성적으로 산출물 발표회를 마무리할 수 있었습니다.

　하지만 영재원에서 하나 아쉬웠던 점은, 제가 영재원에서의 수업에 그리 진지하게 임하지는 않았다는 것입니다. 격주로 일요일의 오전을 지하철 타고, 멀리 가서 컴퓨터 좀 뚜드리다 오는 게 당시에는 그렇게 귀찮지 않을 수 없었습니다. 그런 마음가짐으로 임하다 보니 가끔은 친구들과 멀티 게임을 몰래 하기도 하고, 그저 멍 때리는 일도 잦아졌습니다. 그러고 나니 대구과학고등학교에 와서 생긴 것은,

당시에 더 열심히 수업에 임했다면 내 정보 지식의 결이 달라졌을 거라는 후회입니다. 영재원 때 생소하고 어려운 개념을 대충 듣고 건너뛰어 버린 것들이 수업 때 나오니 머리를 한 대 얻어맞은 기분이었습니다. 정말 쓸데없는 배움은 없다는 걸 진심으로 느낄 수 있었습니다. 이제라도 이걸 깨달아서 다행이라 생각하고, 모든 수업에 열심히 임하기 위해 노력하고 있는 대곽의 어엿한 학생으로 거듭나려고 합니다.

전 아직 구체적으로 갖고 싶은 직업은 정하지 못했습니다. 하지만 요즘 4차 산업혁명으로 도약하고 있는 시대에 살아가고 있는 학생으로서, 컴퓨터와 관련한 직업을 갖고 싶다고 막연히 생각했었습니다. 또 컴퓨터를 사용할 때 작업 효율이 훨씬 올라간다는 점에서도 매력을 느꼈습니다. 하지만 막연히 제 꿈을 '컴퓨터 관련 업종'으로만 정해둔 채 꿈을 이루기 위한 자기 계발은 소홀히 했었던 것 같습니다.

이 학교에 입학한 후, 정말 많은 친구들이 프로그래머의 꿈에 다가가기 위해 노력했다는 걸 깨달았고, 제가 멈춰있는 동안 끊임없는 자기 계발을 해 왔으며, 그 차이는 눈에 띄게 드러나고 있다는 걸 저 스스로도 느꼈습니다. 열심히 하는 친구들이 옆에 있으니 동기부여가 많이 되어 저도 제 꿈을 위한 자기 계발을 꾸준히 해나가야겠다고 생각하게 됩니다.

앞에 첨부한 QR을 찍고 들어가면 평범한 컴퓨터 한 대가 있을 것입니다. 형태만 컴퓨터이지, 본체도 없고 아무것도 없는, 마치 저와 비슷한 상황입니다. 이 컴퓨터에 부속품을 달아나가서 결국 근사하게 작동하는 컴퓨터 한 대를 만들 듯이 저도 끊임없는 자기 계발로 제 꿈에 다가갈 수 있도록 하겠습니다.

수학으로 그린
생명공학자

김우석

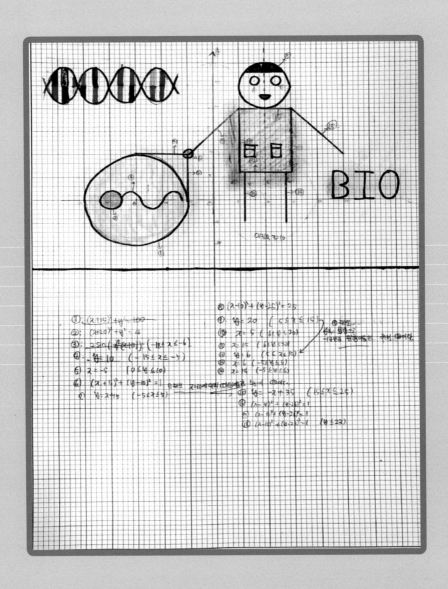

나의 꿈 그리기 수식

① $x^2 + y^2 = 16$

② $(x+2)^2 + y^2 = 0.64$

③ $(x-10)^2 + (y-10.84)^2 = 4$

④ $(x-9.16)^2 + (y-10.84)^2 = 0.16$

⑤ $(x-10.84)^2 + (y-10.84)^2 = 0.16$

⑥ $x = 8\,(2 \leq y \leq 8)$

⑦ $x = 12\,(2 \leq y \leq 8)$

⑧ $y = 2\,(8 \leq x \leq 12)$

⑨ $y = 8\,(8 \leq x \leq 12)$

⑩ $y = 2\,(4 \leq x \leq 8)$

⑪ $y = 20 - x\,(12 \leq x \leq 16)$

⑫ $x = 9\,(-2 \leq y \leq 2)$

⑬ $x = 11\,(-2 \leq y \leq 2)$

⑭ $x = 4\,(0 \leq y \leq 4)$

⑮ $y = 4\,(0 \leq x \leq 4)$

⑯ $(x+0.6)^2 + y^2 = 0.36\,(y \geq 0)$

⑰ $(x-0.6)^2 + y^2 = 0.36\,(y \leq 0)$

⑱ $(x-1.2)^2 + y^2 = 0.36\,(y \geq 0)$

도형방정식 해법
나의 꿈풀이

QR코드를 찍으면 보실 수 있는 그림은 수행평가의 최소 조건만 만족하기 위해서 그린 그림입니다. 그림이라고 하기에 부끄러울 정도로 그냥 선과 원으로만 표시되어 있지만 제 꿈을 찾아 표현했다는 점에선 무척 자랑스럽습니다. 제 꿈은 생명공학자입니다. 이와 관련된 내용들을 도형방정식을 이용하여 그려보았습니다.

　그림의 왼쪽 윗부분에는 생명체가 가지고 있는 유전물질 중 하나인 DNA의 모습입니다. 이중나선 구조를 가지는 DNA의 기본 골격은 삼각함수를 이용하여 표현하였고, 삼각함수 그래프 위의 몇 개 점을 지정한 후 선분을 만들어, 각각의 염기인 아데닌(A), 구아닌(G), 사이토신(C), 티민(T)을 표현하였습니다.

　그림의 중앙에는, 긴 편모를 가지고 있는 원생생물이 있습니다. 원생생물의 머리는 원의 방정식으로, 긴 편모는 원의 방정식의 일부분을 범위를 지정하여 표현하였습니다.

　그리고 오른쪽을 보면 원생생물이 들어 있는 페트리접시를 들고 있는 저의 모습입니다. 페트리접시는 원의 방정식을 이용하였습니다. 이후 선분과 원의 방정식을 이용하여 실험복을 입고 있는 저의 모습을 표현하였고, 오른쪽 아래에는 생물학을 뜻하는 영단어인 'BIOLOGY'의 'BIO'를 직선의 방정식, 타원의 방정식을 이용해 표현하였습니다.

수학의 징검다리를
타고 바라본 나의 미래

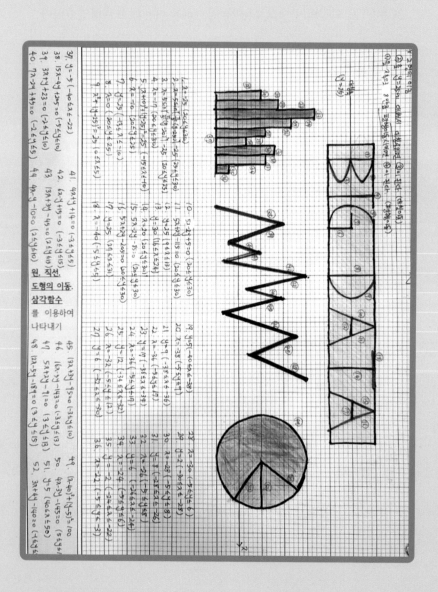

① $x = -25 \, (20 \leq y \leq 30)$

② $x = 5\sin(\frac{\pi}{5}(y-25)) - 25 \, (25 \leq y \leq 30)$

③ $x = -17 \, (20 \leq y \leq 30)$

④ $(x+10)^2 + (y-25)^2 = 25 \, (-15 \leq x \leq -10)$

⑤ $y = 25 \, (-13 \leq x \leq -10)$

⑥ $x = 0 \, (20 \leq y \leq 30)$

⑦ $x^2 + (y-25)^2 = 25 \, (0 \leq x \leq 5)$

⑧ $x = 20 \, (20 \leq y \leq 30)$

⑨ $5x - 2y - 85 = 0 \, (20 \leq y \leq 30)$

⑩ $x = -40 \, (-5 \leq y \leq 5)$

⑪ $y = 5 \, (-40 \leq x \leq -38)$

⑫ $x = -36 \, (-5 \leq y \leq 17)$

⑬ $y = 17 \, (-36 \leq x \leq -34)$

⑭ $x = -32 \, (-5 \leq y \leq 12)$

⑮ $y = 6 \, (-32 \leq x \leq -30)$

⑯ $x = -26 \, (-5 \leq y \leq 8)$

⑰ $y = 6 \, (-26 \leq x \leq -24)$

⑱ $15x - 4y + 205 = 0 \, (-5 \leq y \leq 10)$

⑲ $3x + y + 23 = 0 \, (-2 \leq y \leq 10)$

⑳ $13x + 3y - 95 = 0 \, (-3 \leq y \leq 10)$

㉒ $(x-40)^2 + (y-5)^2 = 100$

㉓ $4x - 3y - 145 = 0 \, (5 \leq y \leq 13)$

도형방정식 해법
나의 꿈풀이

앞에 그림은 제가 미래에 되었을 가능성이 있는 여러 직업 중 한 가지인 '빅데이터 전문가'를 그림으로 표현해놓은 것입니다. 이 직업이 저의 꿈이라고 단정할 수는 없지만 아마도 수학 분야 쪽으로 직업을 가지고 있을 것 같습니다.

많은 친구가 고등학교에 입학하게 되면 힘들어하고, 포기하게 되는 과목 중 하나가 수학인데요, 저는 어려서부터 일찍 수학을 접해서인지, 아니면 다른 이유 때문인지는 모르겠지만 제일 재미있는 과목이 수학이고, 수학에 상당한 흥미를 느끼고 있습니다. 이러한 과정에는 많은 요인이 있는 것 같습니다. 부모님이 두 분 다 수학 선생님이셨고, 어릴 때부터 저에게 수학을 접할 기회를 만들어주셨기에, 수학에 흥미를 점점 가지기 시작했던 것 같습니다. 어릴 때는 수학이 재미있기도 하였지만, 한편으로는 그냥 점점 어려운 수준의 수학 문제들을 푸는 것이 저에게는 하나의 즐거움과 도전과제였던 것 같습니다. 그렇기에 스스로 수학 문제를 풀고, 하나의 문제집을 다 풀면 부모님께 다른 문제집도 사달라고 졸랐던 기억이 있습니다. 공부하다가 모르는 게 생기면, 아버지께 물어보고 해결했던 편인 것 같습니다. 이렇게 저는 점점 수학에 흥미를 느끼게 되었고 초등학교에 입학하기도 전에 수학을 가장 좋아하는 과목으로 뽑게 되었습니다. 저는 수학을 공부할 때 많은 생각과 창의력을 동원해서 한 문제의 정답을 알아내면, 그 정답을 찾아내는 것으로 끝나는 것이 아니라, 각 문제가 더 심화한 다른 문제들을 풀 때 하나의 보조 정리처럼 쓰일 수 있다는 점이 매력 있는 것 같습니다. 문제 자체가 하나의 보조정리처럼 쓰일 수도 있고, 그 문제를 푸는 데 사용된 아이디어들이 하나의 보조 정리처럼 사용될 수도 있는 것이죠. 이렇게 수학 문제들을 하나씩 풀다가 보면 푼 문제의 수에 비례해 쓸 수 있는 보조 정리들이 많아지기 때문에, 되게 정직한 과목 중 하나라고 생각합니다. 수학 문제들을 많이 풀수록, 다른 문제들을 풀 수 있는 가능성이 높아지는 것이죠.

그래서 저의 꿈은 '수학으로 세상에 도움이 되는 일, 또는 다른 사람들이 수학에 흥미를 갖도록 도와주는 일'을 하고 싶습니다. 이러한 가치관을 가지고는 있지만 아직 특정한 직업을 하고 싶다는 생각보다는 최대한 가능성을 열어두려고 하는 편입니다. 수학 관련 직업을 하려는 생각은 가지고 있지만, 정확히 "어떤" 직업을 하고 싶다는 생각은 없는 것이죠.

현재 기술의 발달이 급속도로 이루어지고 있고, 4차 산업혁명이 일어나기도 하는 등, 기술적 방면에서, 많은 발전이 일어나면서 주목받는 직업이 등장하고 동시에 몇몇 직업들은 우리 주변에서 사라지고 있습니다. 이러한 과정에서 '빅데이터 전문가'라는 직업은 전자인 주목받는 직업 중 하나입니다.

　저는 제 특기라고 할 수 있는 수학 능력을 미래 사회에 도움이 될 수 있도록 쓸 수 있는 직업 중 하나가 빅데이터 전문가라고 생각했습니다. 물론 제가 하고 싶은 일을 하는 것도 중요하긴 하지만, 사회 구성원으로서 사회 발전에 도움이 되는 일인지 살펴보는 것도 직업을 선택하는데 큰 요인으로 고려해야 한다고 생각합니다.

　빅 데이터 전문가는 말 그대로 '빅' 데이터, 즉, 상당히 많은 양, 방대한 양의 데이터를 다루는 전문가를 말합니다. 조금 더 자세하게 설명하자면 빅데이터란 과거 아날로그 환경에서 생성되던 데이터에 비해 그 규모가 방대하고, 생성 주기도 짧고, 형태도 수치 데이터뿐 아니라 문자와 영상 데이터를 포함하는 대규모 데이터를 의미합니다. 앞으로 그렇게 머지않은 미래에 빅데이터 전문가들이 우리의 일상 생활 속의 많은 부분에 필요하게 될 것입니다. 우선 이에 대한 근거로는 빅 데이터가 전 세계적으로 관심을 받는 이유에 대해 먼저 살펴보아야 하는데요. 빅 데이터가 전 세계적으로 관심을 받는 이유는 불확실한 환경을 제거하거나 예측하기 어려운 위험을 최소화할 수 있기 때문입니다. 즉, 기업은 경쟁력을 높일 수 있고, 개인은 더 나은 삶을 살 수 있고, 국가는 더욱 나은 서비스를 국민들에게 제공할 수 있게 되는 것입니다. 또한 빅 데이터는 다양한 분야의 서비스, 소프트웨어, 하드웨어 등에 매우 큰 영향을 미치기도 합니다. 경영학, 통계학, 컴퓨터공학 등 다양한 분야의 협력이 반드시 필요하다는 점에서도 발전 가능성이 크고, 이에 따라 빅 데이터 전문가의 직업적 전망도 밝다고 할 수 있는 것이죠.

그렇다면 실제로 미래에 빅 데이터 전문가들이 할 수 있는 사례들은 어떤 것들이 있을까요? 우선 코로나가 터진 지금과 비슷한 상황에서 특히 도움이 많이 될 수 있습니다. 과거의 사례로 2009년 지금의 코로나와 같이 신종플루 감염증이 확산되었을 때가 있었습니다. 그때 구글은 신종플루와 관련되어 있는 사람들이 검색창에 어떤 단어를 많이 검색했는지 정보를 수집하고 위치 정보를 분석하여 확산을 정확하게 예측했다고 합니다. 방대한 데이터들이 모이면 모일수록 가치가 높아져 정확도가 높아진다고 하는데 구글이 이러한 사례인 것이죠. 작은 정보라도 모이면 큰 도움이 되기 때문에 현재의 상황처럼 감염병이 전 세계적으로 유행하는 시기에 이를 해결할 수 있는 실마리를 제공해 줄 수 있을 것입니다.

둘째, 지금도 온라인 쇼핑이 정말 많이 보편화되고 있는데, 미래에는 쇼핑의 거의 대부분이 온라인 쇼핑일 것입니다. 그런 상황에서도 빅 데이터의 활용이 중요한 역할을 한다. 소비자의 소비 습관과 생활 패턴, 관심 분야까지 모조리 수집한 빅 데이터를 분류하고 정리하여, 소비자에게 더 나은 서비스를 제공하기도 하고, 원하는 물품을 개발하기도 하는 등 많은 효과를 볼 수 있을 것으로 예상되는 것이죠.

마지막으로 미래에는 수많은 기술들이 우리들의 편의를 위해서 발전할 것이고, 이 때문에, 우리는 앞으로 점점 운동량이 부족해질 가능성이 높습니다. 실제로 지금만 하더라도 과거에 비해 운동량이 부족해진 것들을 다들 조금이라도 느꼈을 것입니다. 빅 데이터 전문가들이 개인의 수면 패턴, 심장박동수 등 건강에 관한 정보들을 수합하여 향후에 조금이라도 이상이 발생했을 때 즉각적으로 발견하여

치료를 받을 수 있게 도와줄 수 있는 것입니다. 또한 환자의 질병 발생 원인, 증상, 치료법 등을 모두 모아 분석하여 질병을 예측하거나 빠른 시간 안에 그에 맞는 치료법을 찾아 치료를 진행하는 방향으로도 활용될 수 있을 것입니다.

그렇다면 빅 데이터 전문가와 수학은 정확히 어떤 관련성이 있을까요? 저도 정확하게는 아직 모르지만 제가 아까 앞에서 말씀드린 하나의 수학 문제를 풀 때의 아이디어가 사용될 수 있을 것입니다. 수학 문제들을 풀려고 보면 각 문제마다 쓰이는 아이디어가 다릅니다. 빅 데이터를 정리하고 분류하는 과정, 그리고 이를 분석하는 과정에서도 이와 같은 아이디어가 필요한 것이죠. 아이디어 없이 무작정한다면 빅데이터 "전문가"라는 직업의 필요성이 떨어질 것입니다.

내 삶에서 화학의 의미

오서준

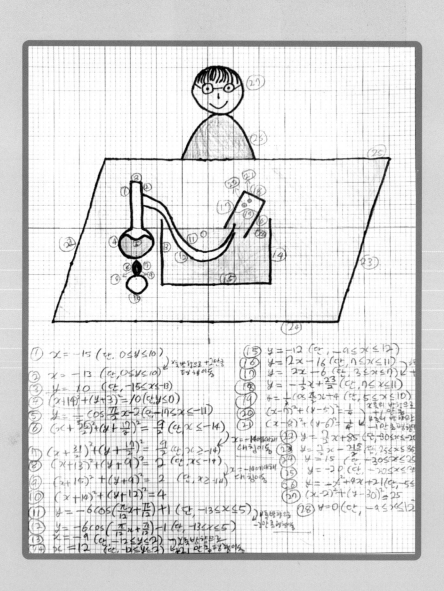

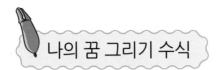

나의 꿈 그리기 수식

① $(x+14)^2+(y+3)^2=10(y \leq 0)$

② $y=\dfrac{1}{2}cos\dfrac{\pi}{2}x-2(-17 \leq x \leq -11)$

③ $(x+\dfrac{55}{2})^2+(y+\dfrac{17}{2})^2=\dfrac{9}{2}(x \leq -14)$

④ $(x+\dfrac{31}{2})^2+(y+\dfrac{17}{2})^2=\dfrac{9}{2}(x \geq -14)$

⑤ $(x+13)^2+(y+9)^2=2(x \leq -14)$

⑥ $(x+15)^2+(y+9)^2=2(x \geq -14)$

⑦ $(x+14)^2+(y+12)^2=4$

⑧ $y=-6cos(\dfrac{\pi}{12}x+\dfrac{\pi}{12})+1(-13 \leq x \leq 5)$

⑨ $y=-6cos(\dfrac{\pi}{12}x+\dfrac{\pi}{12})-1(-13 \leq x \leq 5)$

⑩ $y=-\dfrac{1}{2}x+\dfrac{23}{2}(7 \leq x \leq 11)$

⑪ $y=\dfrac{1}{2}cos\dfrac{\pi}{2}x+4(5 \leq x \leq 10)$

⑫ $(x-7)^2+(y-5)^2=\dfrac{1}{4}$

⑬ $(x-8)^2+(y-6)^2=\dfrac{1}{4}$

⑭ $y=\dfrac{7}{2}x+85(-30 \leq x \leq -20)$

⑮ $y=\dfrac{7}{2}x-\dfrac{215}{2}(25 \leq x \leq 35)$

⑯ $y=-\dfrac{10}{49}(x-2)^2+25(-5 \leq x \leq 9)$

도형방정식 해법
나의 꿈풀이

여러분들은 '화학'하면 어떤 이미지가 떠오르시나요? 어렸을 때 제게 화학은 재미있는 놀이였습니다. 제가 화학의 아름다움에 빠져들게 된 것은 10살 쯤 부터였습니다. 책에서 이 세상이 수많은 종류의 원자로 이루어져 있다는 것을 알게 되었고, 이는 제게 매우 신선한 충격으로 다가왔습니다. 이 이후로 제 가장 큰 관심사는 이 세상의 모든 원소들이 있는 '주기율표'가 되었고, 포켓몬 도감 외우듯이 118개의 원소를 외우곤 했습니다. 어떤 날은 하루 종일 백여 개의 원소의 특징들을 조사하여 정리해 보기도 했습니다. 지금 보면 조금 터무니 없는 상상이긴 하지만, 기존의 주기율표와 다른 새로운 주기율표를 만들고 싶다는 꿈도 있었습니다. 그래서 원자량이 아니라 밀도, 끓는점 등 여러 가지 특징으로 118개의 원소를 분류해 보기도 했습니다. 한 며칠 동안 하루종일 원소들의 특징을 조사해 보니 결론이 나오더군요. 제가 내린 결론은 "원소의 밀도와 끓는점 순으로 원소를 나열하면 규칙성이 생기지 않는다"였습니다.

그 이후로 새로운 주기율표를 만들겠다는 꿈은 눈물을 머금고 때려쳤고, 제게는 새로운 꿈이 생겼습니다. 그것은 바로 새로운 원소를 발견하고 싶다는 꿈이었습니다. 그때 당시 발견되었던 원소는 118개였습니다. 대략 7년 정도의 시간이 지났지만, 아직도 원소의 개수는 늘지 않았고 118개로 일정합니다. 118번 이후의 원소들은 왜 이렇게 발견하기 힘들까요?

그 이유는 118번 이후의 원소들은 매우 불안정하기 때문입니다. 100번만 넘어도 원소들의 반감기가 1ms(0.001초)도 안되기 때문에 아무리 원소를 힘들게 합성해도 순식간에 사라져 버립니다. 이러한 점 때문에, 누가 원소를 합성했다고 하면 이미 그 원소는 눈 깜짝할 사이에 사라졌으니까 원소를 합성했다는 것을 아무도 안 믿어주는 겁니다. 이런 억울한 상황 때문에 110번대의 원소들도 참 힘들게 인정을 받았고(오가네손도 2002년에 발견했지만 2015년에 공식적으로 인정받았습니다), 119번 이후의 원소들도 합성했다는 말은 있지만 아무도 인정받지 못했습니다. 인정을 받으려면 원소가 조금 오래 존재해서 원소가 진짜로 합성되었는지 확인할 수 있어야 합니다.

또 119번 이후의 원소에서 나타날 것이라고 예상되는 성질 중 특이한 성질이 있습니다. 바로 '안정성의 섬'이라는 것입니다. 이는 126번 원소 부근에서 수명이 엄청나게 긴 원소들이 발견될 것이라는 가설입니다. 과학적으로 증명되진 않았지만 지금까지 발견된 원소들의 규칙성을 보면 126번 원소 부근에서 '안정성의 섬', 즉 수명이 긴 원소들이 존재할 확률이 높습니다. 이러한 점을 잘 이용하면, 119번 이후의 원소를 발견하는 것이 조금 더 쉬워지지 않을까요?

내 꿈이 생기게 된 계기

제가 새로운 원소를 만들고 싶다고 생각했던 그때 당시 가장 최근에 발견한 원소 중 113번 니호늄이란 원소가 있었습니다. 이름에서 유추하신 분들도 있겠지만 니호늄은 일본에서 만들어져서 자기 나라의 이름을 딴 원소입니다. 저는 이것이 너무 부러웠습니다. 만약 내가 커서 새로운 원소를 발견하고 한국(KOREA)의 이름을 따서 코륨(?)과 같이 이름을 붙인다면 정말 신나는 일이지 않을까요? 아니면 118번 오가네손처럼 제가 만든 원소에 제 이름을 따서 서주늄(이건 좀 아닌 것 같습니다...)과 같이 만든다면 참 기분이 좋을 것 같았습니다. 어쨌든 "내가 발견한 원소에 내가 이름을 붙이고 싶다"라는 소망을 가슴 속에 품고 노력하다 보니 어느새 영재고까지 오게 되었습니다. 물론 아직까진 갈 길이 멀지만 그래도 10살 때에 비해서 정말 많이 앞으로 나아간 것 같습니다. 이렇게 한발 한발 앞으로 나아가다 보면 어떤 목표든지 달성할 수 있지 않을까요?

러시아 핵 물리학자 유리 오가네시안의 이름을 딴 원소

바이러스와 우리의
꿈, 목표, 그리고 삶

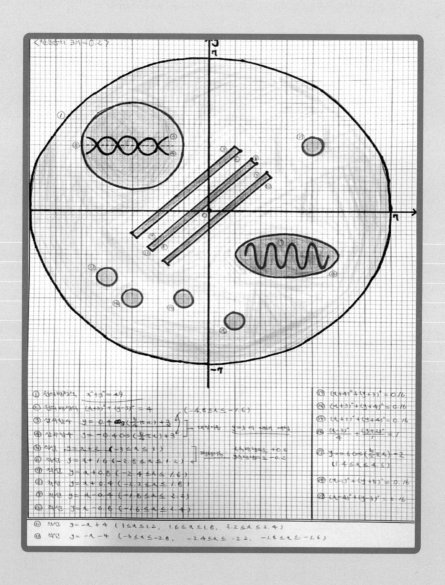

① $x^2 + y^2 = 7^2$

② $(x+3)^2 + (y-3)^2 = 2^2$

③ $y = 0.4\cos\left(\dfrac{5}{4}\pi x\right) + 3 \ (-4.8 \leq x \leq -1.6)$

④ $y = -0.4\cos\left(\dfrac{5}{4}\pi x\right) + 3 \ (-4.8 \leq x \leq -1.6)$

⑤ $y = x + 2 \ (-3 \leq x \leq 1)$

⑥ $y = x + 1.6 \ (-2.8 \leq x \leq 1.2)$

⑦ $y = x + 0.8 \ (-2.4 \leq x \leq 1.6)$

⑧ $y = x + 0.4 \ (-2.2 \leq x \leq 1.8)$

⑨ $y = x - 0.4 \ (-1.8 \leq x \leq 2.2)$

⑩ $y = x - 0.8 \ (-1.6 \leq x \leq 2.4)$

⑪ $y = -x + 4 \ (1 \leq x \leq 1.2, \ 1.6 \leq x \leq 1.8, \ 2.2 \leq x \leq 2.4)$

⑫ $y = -x - 4$

   $(-3 \leq x \leq -2.8, \ -2.4 \leq x \leq -2.2, \ -1.8 \leq x \leq -1.6)$

⑬ $(x+4)^2 + (y+3)^2 = 0.16$

⑭ $(x+3)^2 + (y+4)^2 = 0.16$

⑮ $(x+1)^2 + (y+4)^2 = 0.16$

⑯ $\dfrac{(x-3)^2}{4} + \dfrac{(y+2)^2}{1} = 1$

⑰ $y = 0.6\cos\left(\dfrac{5}{2}\pi x\right) - 2 \ (1.4 \leq x \leq 4.6)$

⑱ $(x-1)^2 + (y+5)^2 = 0.16$

⑲ $(x-4)^2 + (y-3)^2 = 0.16$

도형방정식 해법
나의 꿈풀이

인류는 수백 년간 수도 없이 많은 전염병과 바이러스의 공격을 받아 왔습니다. 이러한 전염병과 바이러스는 인류와 함께 진화해 왔다고 해도 과언이 아닐 정도로 시대를 거듭하며 점점 더 치밀해지고 강해지고 있죠. 특히, 몇 년 전 세계를 떠들썩하게 했던 사스, 메르스부터 현재 전 세계를 뒤흔들고 있는 코로나바이러스까지, 바이러스는 단백질과 핵산(그마저도 10개 내외의 아주 짧은 염기 서열로 이루어져 있다)의 아주 간단한 구조로 이루어져 있음에도 불구하고 역설적이게도 이러한 간단한 구조로 인하여 인간 면역계가 바이러스에 대항하기 어려워집니다.

비록 겉모습은 간단하고 볼품없어 보이는 바이러스지만, 이러한 바이러스가 진화의 최고 산물이라고 할 수 있는 인간을 위협하고 심지어는 사망에까지 이르게 할 정도로 치명적인 공격성을 갖기 위해서는 아마 상당한 노력이 필요했을 것이 분명합니다. 즉, 바이러스 역시 혹독하고 치열한 경쟁에서 끝까지 살아남기 위해 잠시도 쉬지 않고 끊임없이 발전하고 변화하기 위해 노력한 것이죠. 이러한 바이러스를 통해 우리가 생각해 볼 점이 하나 있는데요. 우리 또한 현재 우리의 모습이 부족하고 불만족스럽다고 해서 좌절하거나 포기할 필요는 없습니다. 세상엔 어느 하나 완벽한 것이 없듯이 우리 역시 어떤 목표가 있다면 오늘보다 내일, 우리의 목표에 더 가까워질 수 있도록 그저 아주 조금씩만 더 나아가면 될 뿐이죠.

그런 의미에서 저는 이러한 전염병과 바이러스를 정복할 수 있는 치료제 및 백신을 개발하는 생명공학자가 되고 싶다는 목표를 세웠고, 이러한 바이러스의 위협으로부터 인류를 보호하기 위해 제가 지금 당장 할 수 있는 일부터 조금씩 실천해나가고 있습니다. 위 그림은 생명의 기본 단위라 할 수 있는 세포를 표현한 것으로(엄밀히 말하면 바이러스의 경우 비세포 체제를 가졌으며 생명이 아니다) 생명공학자가 되기 위해 알아야 할 첫걸음을 나타낸 것이라 할 수 있습니다. 이렇게 저는 오늘도 생명과학 공부를 하며 제 목표에 한 걸음 더 가까워지는 중입니다.

이 책을 읽는 여러분은 어떤 목표를 가지고 있나요? 목표라고 해서 거창하거나 뭔가 대단할 필요는 전혀 없습니다. 당장에 문제를 몇 문제 푼다거나 단어를 몇 개 외운다거나 하는 사소한 것들도 모두 목표가 될 수 있습니다. 그저 지금보다 아주 조금씩만 더 앞으로 나아가면 될 뿐.

나의 꿈, 생명공학자

우리 몸은 세포라는 작은 단위로 이루어져 있으며 세포막에는 수용체라고 불리는, 특정 물질을 인식하는 단백질이 있습니다. 세포 내로 물질이 출입하기 위해서는 이 수용체라는 부위에서 인식을 받아야 하죠. 그런 의미에서 바이러스와 같이 외부에서 온 병원체들은 원칙적으로 우리의 세포 안으로 들어올 수 없습니다. 그런데 문제는 이 바이러스가 인간의 수용체에 인식될 수 있도록 하는 막단백질을 갖도록 진화되었다는 것입니다. 즉, 바이러스는 이 막단백질을 통해 수용체에 인식되어 우리 세포 내로 들어오는 것이죠. 따라서 백신을 개발할 때는 바이러스의 어떤 단백질이 수용체에 결합하여 세포 내로 침투하는지 알아내는 것이 중요합니다. 예를 들어, 코로나바이러스의 경우 표면에Spike라고 하는 막단백질을 갖고 있는데요. 코로나바이러스는 바로 이 Spike 단백질을 수용체에 결합함으로써 인간의 세포 내로 침투하게 되는 것입니다.

저 역시 궁극적으로는 이러한 연구를 통해 지금까지 정복되지 않은

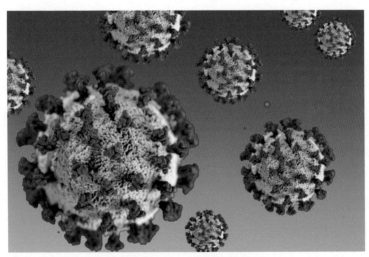

코로나바이러스는 Spike 단백질을 통해 인간 세포에 침투한다

바이러스에 대한 백신이나 각종 질병에 대한 신약을 개발하는 생명공학자, 그중에서도 백신 및 신약 개발자가 되는 꿈을 갖고 있습니다.

뒤에서 더 자세히 말씀드리겠지만, 사실 저는 본래 의사의 꿈을 꾸고 있었습니다. 사회를 위해 봉사하고 희생하신 여러 의사 선생님의 이야기를 접하고 감명받아 저 또한 아프지만 가난하여 치료조차 받지 못하는 사람들을 위해 봉사하는 삶을 살고 싶었던 것이죠. 그렇지만 과연 제가 의사가 되어 얼마나 많은 사람에게 실질적인 도움을 줄 수 있을지에 대해 고민해 보게 되었고, '아픈 사람들을 치료하는 것도 좋지만, 이렇게 사람들을 병들고 아프게 하는 근본적인 원인인 질병 자체를 없앨 순 없을까'하는 생각에 생명공학자라는 직업에 관심을 갖게 되었습니다.

내 꿈을 향한 작은 걸음들

그렇다면 저는 제 꿈을 이루기 위해 어떤 노력을 하고 있을까요? 먼저 제가 다니는 학교인 대구과학고등학교에서 각종 연구 활동에 적극적으로 참여하고 있습니다. 물론 현재 저의 수준에서 백신을 개발한다거나 위험한 바이러스를 다루는 연구를 진행할 수는 없지만, 지금 제가 하는 연구 활동들이 모인다면 훗날 제가 생명공학자의 꿈을 이루는 데 있어 아주 큰 도움이 되리라 생각합니다.

사실 올해 연구를 처음 하는 저로서는 모든 것이 낯설고 서툴기만 합니다. 연구에서는 사소한 한 가지라도 잘못되면 전혀 다른 결과를 내는 경우가 대다수인데, 처음이다 보니 이렇게 사소한 부분에서 실수를 많이 하기도 하죠. 그렇지만 아무래도 그건 상관없습니다. 실패는 성공의 어머니라는 말도 있잖아요? 연구 결과가 좋든 안 좋든, 성공하든 실패하든, 중요한 것은 제가 이 연구를 해보았다는 사실이고, 분명 실패와 실수를 통해 배우고 성장할 수 있는 부분이 많을 것입니다.

비록 짧은 기간 동안 연구를 진행해 보았지만, 연구를 통해 배울 수 있는 것은 단지 연구 실력과 지식뿐만이 아니었습니다. 중요한 것은 바로 연구자로서의 소양과 마음가짐이죠. 연구를 진행하는 동안 많은 어려움과 시련에 부딪혔습니다. 글을 쓰고 있는 지금은 아직 연구 결과를 내려면 멀었지만, 아마 책이 출판될 때쯤이면 연구가 마무리되어 있겠죠. 만약, 제가 연구 중 겪었던 어려움으로 인해 연구를 포기하고 놓아버렸다면 어땠을까요? 아마 연구를 마칠 때의 그 뿌듯함과 희열을 느끼지 못했을 것입니다. 즉, 연구를 통해 어려움과 시련에도 포기하지 않고 다시 시작할 수 있는 자세를 배울 수 있었던 것이죠.

여러분도 여러분의 목표를 이루는 과정에서 분명 크고 작은 시련을 겪게 될 것입니다. 그렇지만 그럴 때마다 좌절하고 포기하기보다는 긍정적인 마음가짐으로, 성공했을 때 느끼게 될 기쁨을 생각하며 다시 일어서보는 것은 어떨까요?

현재 대구과학고등학교에서 진행 중인 연구 활동

한편 저는 저의 꿈을 이루기 위해 연구뿐만 아니라 여러 동아리 활동에도 참여하고 있는데요. 생물 동아리에서는 해부 실습과 다양한 실험을 통해 생물의 구조에서부터 여러 생명과학 실험에 이르기까지 폭넓은 지식과 경험을 쌓고 있습니다. 또 화학 동아리에서도 화학 실험을 통해 어쩌면 나중에 백신을 개발할 때 도움이 될 수도 있을 다양한 원리와 반응을 배우고 있고요.

마지막으로, 수학 토론동아리에서는 수학적 내용을 공유하는 것뿐만 아니라, 저의 진로에 대해 생각하고 고민하는 시간을 가질 수 있습니다. 그리고 무엇보다 결정적인 것은 이렇게 책을 통해 많은 사람에게 저의 이야기를 전할 수 있다는 거겠죠?

내 꿈을 향한 이정표

지금까지 저의 꿈을 이루기 위한 저의 노력, 저의 작은 걸음들에 대해 말씀드렸습니다. 그런데 정처 없이 걷기만 해서는 어느 날 낭떠러지에서 떨어질지도, 사나운 맹수를 만날지도, 길을 잃고 헤매게 될지도 모릅니다. 물론 지금껏 제가 살아온 인생에서 크고 작은 시련들도 있었지만, 제가 순탄하게 현재의 '나'가 되기까지는 묵묵히 걸어가던 저에게 있어 이정표 역할을 해준 수많은 이들이 있었기 때문일 것입니다.

제일 먼저 떠오르는 분은 바로 부모님입니다. 부모님은 제가 안전하고 좋은 환경에서 살아가고, 하고 싶은 것을 이루는 데 있어 많은 도움과 지원을 해주셨습니다. 특히, 힘들고 지치는 일이 있어 포기하고 싶을 때 부모님께서 잡아주시고 곁에서 응원해 주셨기에 또다시 일어서서 나아갈 수 있었습니다. 때로는 부모님께 투정도 부리고 짜증 낼 때도 있었지만 부모님의 사랑이 없었다면 분명 현재의 저는 존재할 수 없었을 것입니다.

다음은 선생님과 친구들입니다. 그동안 감사했던 선생님들의 성함을 모두 담진 못하지만, 많은 선생님의 도움 덕분에 저의 꿈을 찾고 발전시켜 나갈 수 있었습니다. 또한 친구들은 평소에는 장난도 많이 치지만 제가 힘든 순간에 늘 곁에 있어 주고 힘이 되어주었습니다. 이처럼 많은 분의 도움이 있었기에 제가 성장하는 데 있어 올바른 길을 찾을 수 있었던 것 아닐까요?

새로운 우주를 쓰는
나의 꿈은 우주 생물학자

① $y = \cos\left(\dfrac{x\pi}{2}\right)$

② $x = -2\,(-1 \leq y \leq 0)$

③ $(x+2)^2 + y^2 = 1\,(y \geq 0)$

④ $(x+2)^2 + (y-2)^2 = 1$

⑤ $(y-2)^2 + x^2 = 1\,(y \leq 2)$

⑥ $(x+1)^2 + (y-1)^2 = 1\,(y \geq 1, x \geq -1)$

⑦ $(x-1)^2 + (y-1)^2 = 1\,(y \geq 1, x \leq 1)$

⑧ $y = -x + 1\,(-1 \leq x \leq 0)$

⑨ $y = x + 1\,(0 \leq x \leq 1)$

⑩ $(x-4)^2 + (y-3)^2 = 4\,(y \leq 3)$

⑪ $(x-2)^2 + (y-1)^2 = 4\,(y \geq 1, x \geq 2)$

⑫ $(x-6)^2 + (y-1)^2 = 4\,(y \geq 1, x \leq 6)$

⑬ $y = \sin\left(\dfrac{x\pi}{2} - \pi\right) + 5\,(-5 \leq x \leq 5)$

⑭ $y = \sin\left(\dfrac{x\pi}{2}\right) + 5\,(-5 \leq x \leq 5)$

⑮ $x = 1\,(4 \leq y \leq 6)$

⑯ $x = 3\,(4 \leq y \leq 6)$

⑰ $x = 5\,(4 \leq y \leq 6)$

⑱ $x = -1\,(4 \leq y \leq 6)$

⑲ $(x+6)^2 + (y-8)^2 = 1$

⑳ $(x-7)^2 + (y-10)^2 = 9$

㉑ $y = x + 3\,(4 \leq x \leq 7)$

㉒ $y = x + 14\,(-8 \leq x \leq -4)$

도형방정식 해법
나의 꿈풀이

내가 그린 도형 방정식을 보면 다들 색칠을 잘했다고들 한다. 가끔은 공부를 하다가 미술 쪽으로 계속 공부를 했다면 내 인생이 바뀌지는 않았을지 생각하기도 한다. 초등학교 때까지만 해도 화실을 다니면서 그림을 그리기도 하였으니까 말이다. 그런데 왜 나는 지금 과학도의 삶을 살아가고 있을까? 나도 궁금하다. 글을 쓰면서 나도 알아보아야겠다.

나는 꿈을 적는 활동을 할 때마다 거의 비슷한 꿈을 적어서 냈었다. 유치원에 다녔을 때, 내가 진짜로 이런 꿈을 가졌는지 잘 기억이 나지는 않지만, 어렴풋이 유추해 보면 '우주비행사'가 꿈이었는 것 같다. 그런 생각을 하게 된 이유를 지금 와서 생각해 본다고 완벽히 알 수는 없겠지만, 열심히 생각해 보기로 했다.

5살 때, 천문학자인 삼촌에게 '블랙홀 우주'라는 뉴턴 잡지를 받았다. 물론 그 나이에 그게 이해가 되지는 않았지만 그림이 멋졌다. 블랙홀에 의해 공간이 휘어진다는 것을 표현하고 있는 그림은 마치 토

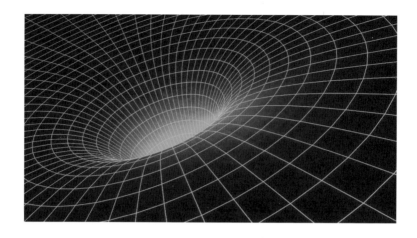

네이도 같았는데, 우주에 그런 것이 있다는 것이 매우 신기했다. 그
게 아마도 내가 우주를 '알게' 된 첫 시작이며 흥미를 느끼게 된 시발
점이 아닌가 생각한다. 그 뒤로, 우주 사진을 모아놓은 사진집을 사
기도 했으니 맞는 것 같다. 그렇게 여러 권의 우주 사진 책을 읽고 난
뒤 우주비행사가 되고 싶다고 생각하게 된 것 같다. 우주비행사라는
직업은 우주에서 먹고 자는 직업이라고 생각한 결과인 것 같다. 하
지만 대부분 유치원생이 (물론 나의 경우) 재미있게 뛰어노는 것이
가장 중요한 목표이듯이 그때는 직업에 관해서 생각해 본 적이 없다.

　그러다가 초등학생이 되었다. 초등학생이 되니 처음에 선생님들과
인사를 나누고 얼마 지나지 않아 내 꿈 그리기 시간을 가졌다. 그때,
많은 친구가 "나는 꿈이 없어요." 이러고 있을 때, 난 내가 특별하다
는 것을 느꼈다. "뭐야 나만 꿈을 가지고 있네?
　내 꿈은 역시 최고야!" 꿈을 가지고 있다는 것이 가지고 있는 꿈

이 최고라는 이상한 결론을 내버린[3] 나는 앞으로 나의 꿈을 꾸준히 간직하기로 한다.

초등학교 6학년이 되고, 난 움직이는 게 싫었다. 왜냐하면, 움직이면 힘들었기 때문이다! 하지만 움직이긴 해야 할 거 같았다. 몸무게가 상당했기 때문이다. 지금 와서 생각해 보니 더 충격적인데 80kg 정도였으니 그만 얘기하자. 하여튼 움직이긴 싫은데 움직여야 할 필요성을 안 나는 학교에 있는 식물을 채취하고, 모으는 일을 하기 시작한다. (물론 이걸 해서 살이 빠지진 않았다.)

그러던 중 학교 밖은 화성이라고 생각하고 활동하기 시작했다. 그때 마션을 보고 화성에서 살아가는 것을 사랑하기 시작하면서 이런

---

2 꿈이 무엇인지는 기억이 나지 않는다.
3 우리는 이것을 '흑백사고의 오류'라고 한다. 이걸 알게 된 것은 국어의 힘이다.!

행동을 한 것 같다. 지나가는 친구들을 보고 먼지라고 하면서 피해 다니고, 빨간색 셀로판지와 노란색 셀로판지를 이용해 주황빛만을 투과하게 해서 밖에 나갈 때는 색안경을 쓰고 나가기도 했다. 이런 활동을 하면서 "나는 꼭 화성에 갈 거야!"라는 인생의 목표를 정했다.

졸업 직전에는 친구와 함께 'KSP'라는 우주 시뮬레이션 게임을 접하게 되었고, 평소에 우주에 대해 엄청나게 관심이 많았던 나는 우주로 인류를 보내는 운송 수단인 로켓도 멋있다고 느꼈다. 그렇게 난 로켓을 설계하고 제작하는 '항공우주 공학자'를 꿈꾸게 되었다.

최근에 초등학교 선생님을 만나서 내 초등학교 생활이 어떠했는지 물어보기도 하였는데, 미래에 NASA의 직원이 될 거라고 했다고 한다. 그렇게 나는 우주를 꿈꾸며 유치원과 초등학교 생활을 마치고 중학교로 올라가게 되었다.

중학교에서는 사실 꿈을 생각할 겨를이 없었다.[4] 중학교에 진학하고는 내신 공부를 하느라고 굳이 꿈에 대해서 깊게 생각해 볼 수 없었다.

고등학교 때 식물 키우기를 좋아했던 나는 이때까지 과나 직업에

대해서 자세하게 알지 못했고, 생물과 우주 분야가 융합된 직업이 있다는 것을 알지 못했다. 그런데 고등학교에 와서 GRP라고 미국에 있는 멋진 학생들(사실 누군지 모른다.)과 교류하는 프로그램 신청서를 받았는데 거기에 우주 생물학과라는 과가 적혀 있어서 알게 되었고, "아, 이게 내 꿈이다."라는 생각이 들었다. 마치 옷에 맞는 단추가 있듯이 나의 옷에 맞는 단추를 찾은 것 같았다. 내가 하고 싶은 것이 모두 있었다. 그렇게 난 우주 생물학자가 되어야겠다고 생각하게 되었다. 특히, 화성을 지구처럼 살 수 있게 만드는 화성 테라포밍 기술 개발의 주도하는 사람이 되고 싶다. 화성 테라포밍이라는 것은 화성을 지구처럼 만드는 기술로 대표적으로 spaceX 사가 가장 활발히 연구하고 있다. 화성을 지구처럼 만들기 위해서는 많은 기술이 필요하고 나는 그런 기술을 개발하는 사람이 되고 싶다는 것이다.

그림은 나의 현재 꿈을 그림으로 나타낸 것이다. 무엇인 거 같은가? 농부 같은 거 같기도 하고, 생명과학을 하는 사람 같기도 하다. 그것은 바로 우주 생물학자이다. 앞의 내용을 읽고 유추한 사람이 있을 것이다. 혹시 우주 생명 공학자가 꿈인 사람이 있는가? 내 동기들은 그러한 꿈을 가진 사람이 없는 거 같던데, 있다면 친하게 지내도록 하자. 나중에 '김대희'라는 이름을 가진 우주 생명 공학자가 꿈인 사람을 만나게 된다면 이렇게 얘기해 보도록 하자. "혹시 '순수'라는 책 쓰셨나요?" 그런데 그 사람이 나라면 아마 나는 깜짝 놀랄 것이다.

---

4 물론 고등학교가 더 바쁘다.

세상은 도형이다

종이에 점을 콕 찍어 봅니다. 우리는 이제 공간상에서 한 지점, 한 포인트를 표현할 수 있게 되었습니다. 우리는 이 점 하나를 '0차원'이라고 부릅니다. 이제 옆에 새 점을 하나 만들고요, 첫 점이랑 연결해 봅니다. 점과 점 사이에 새로운 '직선'이 만들어졌어요. 우리는 이 직선 하나를 '1차원' 부르기로 했어요. 다시, 새 점을 찍고 그를 연결하면, '2차원'의 '면'이 나오고, 이제 종이를 굽혀보면, '3차원'의 입체가 등장합니다. 0차원의 점들이 모여 1차원의 선을 형성하고, 1차원의 선들은 다시 2차원 면을 형성합니다. 마지막으로 3차원은 면들의 집합으로 이루어져 있지요.

우리는 '3차원 세상'에 살고 있습니다. 가방도, 샤프도, 하물며 종이조차도 모두 3차원 입체의 형식을 하고 있죠. 이 입체들은 종류도 무수히 많은데다가 머릿속으로 상상하기 어려운 경우도 많습니다. 우리 사회가 가진 다양성만큼 이 입체들도 복잡해지는가 봅니다.

그래서 우리는 항상 세상을 좀 더 쉽게 보려고 노력합니다. 우리는 세상의 한 단면을 2차원 사진으로 저장하지요. 옛날 사람들은 2차원 그림에 세상 모습을 담아냈습니다. 또한 우리가 보는 모든 장면도 2차원 평면으로 각인되죠.

중학교 3학년 때 우리는 여러 가지 입체도형을 배웁니다. 정사면체부터 해서, 정육면체, 정팔면체, 정십이면체 등 가장 기본적인 입체 도형의 종류를 배웁니다. 이때 '전개도' 부분 기억하시나요? 전개도는 3차원 입체를 조각조각 잘라내어 평면 위에 나타낸 것입니다. 복잡한 도형이라도 매우 미세하게 잘라내면 조금 오차는 있더라도 2차원 위에 모든 것을 나타낼 수 있습니다.

이처럼 우리는 한 차원 낮고, 우리가 상상하기 쉬운 2차원을 가지고 세상을 풀어나갑니다. 혼란스런 세상을 조금 더 편하게 해석하기 위한 인류의 지혜라고도 볼 수 있겠습니다. 결국 세상은 모두 '도형'으로 이루어져 있는 것입니다.

우리는 앞서서 도형의 방정식으로 꿈을 표현했습니다. 도형은 세상을 표현하는 조각이자, 꿈이 세계와 연결되는 매개체가 되어주었지요. 이번에는 저희가 사용한 도형의 방정식이 무엇인지 조금 설명 드리고자 합니다.

일반적으로 도형은 무한한 가짓수를 가집니다. 펜을 들고 종이에 선을 그린다면, 우리 손이 움직일 수 있는 무한한 경우의 수만큼, 아니 어쩌면 그 보다 더 많은 도형이 세상에 존재합니다. 그중에서 이번에 저희는 직교 좌표계 상에서 직선이나 원, 이차함수, 삼각함수 등을 사용했습니다.

직교 좌표계가 뭔가요?

직교 좌표계는 두 개의 축이 서로 직교한 상태를 이야기하는 것으로, 가장 일반적이고 흔하게 사용되는 좌표계입니다. 이 좌표계라는 것은 프랑스의 철학자이자 수학자 데카르트가 고안했습니다. x축, y축이라 하는 것이 각각 가로 세로에 수직으로 놓여 있고, 그 위의 점들을 (x 좌표, y 좌표)로 표현합니다. 이것을 활용해서 도형의 방정식까지 나아가게 되는 것이죠.

직선

가장 간단한 형태의 방정식입니다. 중학생 수학 수업 때 최초로 배우는 함수이며, 가장 손쉽게 표현 가능한 함수입니다. 기본적인 꼴은

$$y = ax + b\,(단, a, b는 상수)$$

입니다. 이때의 a는 기울기, b는 y 절편으로 나타낼 수 있습니다. 즉 a로 직선이 얼마나 가파를지를 결정하고, b로는 직선이 어느 위치에 있을지 결정할 수 있습니다.

이차함수

이차함수는 직선 다음으로 배우는 방정식입니다. 이 또한 중학교 교육과정에서 배우는 것으로 나름 간단한 형태입니다. 일반적인 표현법은

$$y = ax^2 + bx + c \,(\text{단}, a, b, c\text{는 상수})$$

로 나타내지고, 또는

$$y = a(x + t)^2 + k \,(\text{단}, a, t, k\text{는 상수})$$

로 나타내지고, 또는로도 표현할 수 있습니다. 이를 그림으로 그리면, 같은 모형이 나옵니다.

이때 a는 그래프가 위, 아래 중 어디를 향할지, 그리고 그래프가 얼마나 뾰족할지 등을 결정하는 상수가 됩니다. b, c는 그래프의 위치를 결정하는 상수가 됩니다.

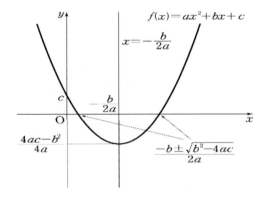

원

원은, 한 점으로부터 같은 거리에 있는 점들의 집합입니다. 원의 중심이 있고, 거리를 준다면, 우리는 오직 하나의 원만을 그려낼 수 있습니다. 중심이 (a, b)이고 반지름이 R인 도형의 방정식은

$$(x - a)^2 + (y - b)^2 = R^2$$

으로 나타나 집니다.

삼각함수

삼각함수는, 직각삼각형에서 사잇각에 따른 변의 비율, 즉 sin, cos, tan 같은 삼각비를 그래프로 나타낸 것들입니다. 한 각을 x값으로 놓고, 삼각비의 값을 y 값으로 놓아서 표현됩니다.

$$y = a\sin\left(\frac{b}{2\pi}x\right) + c \qquad y = a\cos\left(\frac{b}{2\pi}x\right) + c$$

$$y = a\tan\left(\frac{b}{\pi}x\right) + c$$

(1) $y = \sin\theta$

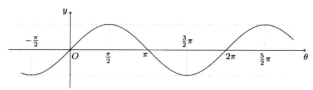

(2) $y = \cos\theta$

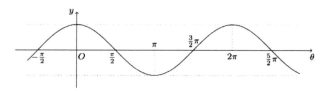

(3) $y = \tan\theta$

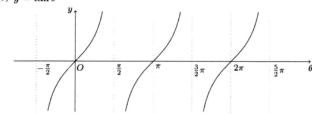

특이하게, 각 함수는 2 pi, 혹은 pi의 주기로 반복됩니다. 또한 sin 함수는 cos 함수를 pi만큼 평행이동 시킨 모양입니다.

극좌표계

앞서서 직교 좌표계에 관해 이야기했습니다. 가장 간단한 좌표계로 점의 위치를 잡기 간단하죠. 그러나 위치를 표현하는 방법은 직교 좌표계가 전부는 아닙니다. 이번엔 간단하게, 새로운 좌표계 '극좌표계'에 대해 이야기해 볼까 합니다.

극좌표계는 축으로 위치를 결정하지 않습니다. 원점에서 점까지의 거리와, 기준 축에서의 각도로 나타내지요. 표현은 (원점에서의 거리, 기준 축에서의 각도)로 나타나집니다.

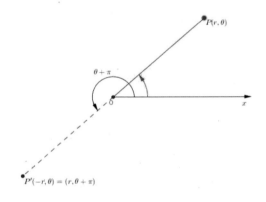

극좌표계를 사용하면, 임의의 매끄러운 폐곡선을 나태내기 수월해집니다. 예를 들어 볼까요?

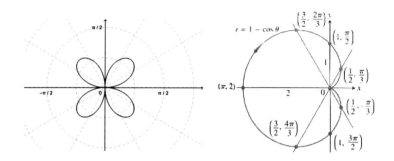

　이렇듯 복잡하고 직교 좌표계로 쉽게 나타낼 수 없는 도형들도 극좌표계를 이용하면 쉬운 경우가 많습니다. 극좌표만이 가진 장점이라고 볼 수 있죠.

[수학노트 2]
수학 선생님들의 비기, GeoGebra의 모든 것!!

여러분은 학교에서 수학 시험을 볼 때, 출력되는 그래프와 도형들은 무엇으로 그리는지 생각해 보신 적 있나요? 수학 선생님들께서는 모두 그림판 장인이었던 것일까요?

그래프나 입체도형을 그릴 때 사용하는 수학 소프트웨어에는 The Geometer's Sketchpad, Cabri Geometry, GeoGebra 등이 있습니다. 이 프로그램들을 이용하면 평면 또는 공간 좌표 위에 점, 선, 면, 입체 도형 등을 구현할 수 있고, 수식을 입력하여 이를 그래프 위에 나타낼 수 있습니다.

그중 GeoGebra는 2002년 오스트리아의 마르쿠스 호헨바터에 의해 개발된 교육용 수학 소프트웨어입니다. 기하(geometry)의 Geo와 대수(Algebra)의 Gebra의 합성어로, 컴퓨터 대수 시스템을 이용해 동적 기하 소프트웨어를 구현할 수 있는 프로그램입니다. '동적'이라는 말에서 알 수 있듯, GeoGebra를 이용하면 애니메이션 기능을 이용해 변수의 변화에 따른 도형, 그래프들의 형태 변화를 알 수 있습니다.

이러한 특징을 활용해, GeoGebra로 공간에서의 운동을 구현하거나 3D 모델링을 할 수 있습니다.

다음 QR코드를 스캔하면 수국화의 박유성 친구가 직접 디자인한 프로그램을 볼 수 있습니다. 유성 친구는 GeoGebra 프로그램을 이용해 가지가 자라나고, 넝쿨이 감겨 꽃이 피어나는 식물을 만들었네요. 쉽게 보일 수도 있지만, 이 애니메이션을 3차원 상에서 구현하기까지 수많은 식들이 사용되었습니다.

QR코드를 스캔하면 프로그램을 볼 수 있습니다.

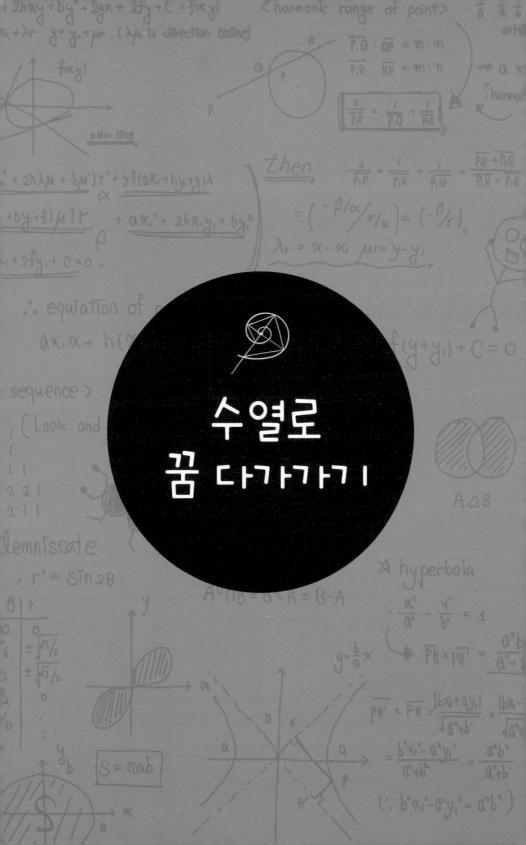

나의 꿈, 이진트리에
꽃 피우다

곽민수

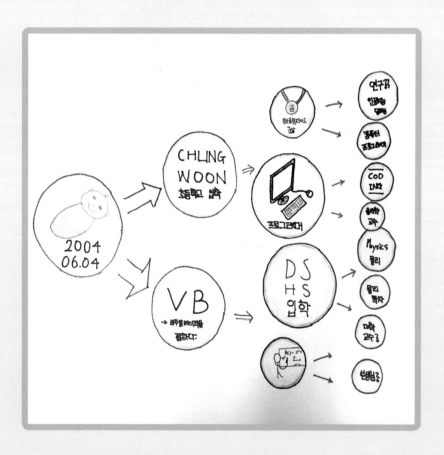

나의 꿈 수열

$$1 \rightarrow 2 \rightarrow 4 \rightarrow 8 \rightarrow 16 \cdots$$

제가 정한 수열은 1에서 시작하여 2배씩 증가하는 수열입니다. 즉, 초항이 1이고 공비가 2인 등비수열입니다. 이렇게 수열을 정한 이유는 제가 자라고 성장하면서 내 꿈과 내 활동, 내 삶이 확장되는 것을 표현하고 싶었기 때문입니다. 특히, 이렇게 2배가 되는 것을 각각 이으면 하나의 거대한 나무가 되는데 나중에는 지금 상태가 아닌 더 풍성하고 다양한 저만의 '나무'를 만들어보고자 이런 수열을 통해 표현해 보았습니다.

나의 꿈 수열 해법

앞에 그림은 무엇일까요? 아시는 분은 아시겠지만, 저는 프로그래밍에 등장하는 '이진트리'로 제 성장 과정을 그려보았습니다.

인생의 시작이라고 할 수 있는 저의 탄생일. 바로 2004년 6월 4일입니다. 저의 탄생은 다른 모든 일들의 뿌리(루트 노드)가 되어 지금의 제가 있게 해주었습니다.

초등학교 지금의 제가 있게 된 것은 초등학교 시절의 영향이 컸던 것 같습니다. 다채롭고 기억에 남았던 초등학교 시절을 거치고 초등학교를 졸업할 때쯤 저를 사로잡은 것은 바로 프로그래밍이었습니다. 초등학교 4학년 때 우연히 접하게 된 Visual Basic이라는 프로그래밍 언어를 통해 프로그래밍에 흥미를 가지게 되었고 이후 스스로 도서관을 다니며 책을 찾아보고 공부하며 더욱더 관심을 가지게 되었습니다. 프로그래밍은 제 생각을, 저를 세상에 표현할 수 있도록 해주었고 어느새 저의 친구가 되어 있었습니다.

중학교 때 정보올림피아드에 나가서 금상을 타며 성취감을 얻는 뜻깊은 경험을 하였습니다. 이렇게 대회를 준비하는 과정, 하나를 몰입해 공부하는 과정에서 하나씩, 하나씩 성장했던 것 같습니다.

　　중학교 2학년 말에 '영재학교 진학'에 도전해 보기로 결심했습니다. 저와 제 친구들 모두 그렇듯이 영재학교 입시를 준비하는 과정은 생각보다 쉽지 않았습니다. 성적이 잘 나오지 않을 때면 우울해지기도 하고 과연 내가 붙을 수 있을까? 하는 생각도 들고. 하지만 이런 과정에서 더 오기가 붙었던 것 같습니다. 그렇게 공부하다 보니 처음에는 너무나도 어려웠던 과학 과목들이 풀리기 시작하였고 재미있었습니다. 마치 제가 처음 프로그래밍을 배웠던 것처럼 말이죠. 중학교 시절, 프로그래밍 대회를 준비하면서, 목표를 가지고 영재학교 입시를 준비하면서 어느새 '컴퓨터 프로그래머'라는 꿈이 제 마음속에서 생겨나기 시작했습니다. '컴퓨터 프로그래머'라는 꿈과 함께 제가 입시를 준비하며, 다양한 선생님들을 겪고, 친구들에게 질문을 받고 설명을 하면서 내가 잘할 수 있는 것으로 남들을 도와줄 수 있는 '교수'나 '선생님'이라는 직업에 관심이 가기 시작했습니다.

　　대구과학고등학교에 무사히 입학한 이후에는 힘들고, 피곤하지만 그래도 즐거운 학교생활을 이어나가고 있습니다. 다른 학교에 진학했다면 하지 못했을 연구와 제가 배우고 싶었던 과목들을 집중적으로 배우는 것처럼 재미있고 유익한 경험들을 많이 하고 있습니다.

학교에 진학하고 나서 특히 기억에 남는 활동들은 인문학과 관련된 활동들이었습니다. 중학교 때나 그 이전에는 쉽게 경험하지 못했던 토론 수업과 인문학 독서 나눔 한마당과 같은 행사들을 하면서 인문학적 소양도 많이 기를 수 있었던 것 같습니다. 옆 사진은 제가 토론 특강에 참여하고 직접 토론 수업을 하며, 코로나 19 사태에 관련된 독서를 하고 발표를 진행한 사진입니다. 학교에서 배우는 공부와 더불어 이런 활동들은 제 학교생활에 더욱 더 생기를 불어넣어 준 것 같습니다.

제 진로와 관련해서는 정보과학과 더불어 '물리'라는 과목에도 흥미가 생겼습니다. 그래서 현재 저의 꿈은 단순히 프로그래머만은 아닙니다. 연구자, 물리학 교수, 선생님처럼 예전보다는 훨씬 다양한 꿈을 꾸게 되었습니다. 프로그래머라는 꿈에 관해서도 막연히 프로그래머가 아닌, 알고리즘을 연구하여 나중에는 제 이름을 딴 알고리즘을 개발하는 것을 목표로 준비해 볼 생각입니다. 제가 훗날 어떤 길을 걸어 나갈지는 모르겠지만 앞으로도 다양한 가능성을 열어두고 제 진로를 확장해나가려고 합니다. 나중에는 이 트리가 정말 하나의 큰 '나무'가 되도록 노력해 보려고 합니다!

미래의 제가 어떤 모습으로 성장해 있을지는 잘 상상이 되질 않습니다. 컴퓨터 프로그래머가 되어 있을지, 아니면 물리학자가 되어 있을지는 잘 모르겠지만 나중에 무엇이 되었든 후회하지 않도록 앞으로도 꿈을 이루는 그 순간까지 열심히 노력할 것입니다.

저의 이진트리가 나중에 2배, 4배, 8배, …로 커져서 다른 사람들에게 많은 영향을 끼치고 저 스스로도 성장한 하나의 나무가 되었으면 좋겠습니다.

제가 잘하는 분야에서 세상을 바꾸는 발명을 하는 것이 제 바람입니다. 제 꿈을 이룰 때까지 저는 멈추지 않을 것입니다!

토론 특강도 듣고

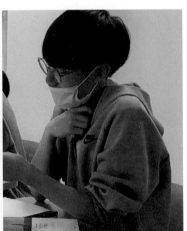

현재의 나는, 열심히 산다

인문학 독서 나눔 한마당을 함께한 친구들

당신의 꿈에 다가가기 위한
단계를 그려보세요!

내 인생은 피보나치 수열

나의 꿈 수열

초항 f_1 = 1, f_2 = 1일 때 피보나치 수열은
1, 1, 2, 3, 5, 8, 13, 21, 34, 55, 89 …

＊ 피보나치수열은 전 항과 그 전 항을 더한 것이 다음 항
이 되는 규칙이 있다. 즉, $f_n = f_{n-1} + f_{n-2}$ ($n \geq 3$)이다.

나의 꿈 수열 해법

1번째 항(1)은 내가 태어난 날, 9월 26일 대구의 지오메디 병원
에서 귀한 생명이 태어났다.

2번째 항은 여행과 공부를 표현하였다. 예전부터 캠핑하러 많이 갔었던 우리 가족은 전국 곳곳을 안 다녀본 곳이 없을 정도이다. 부모님께서는 내가 '바다'라는 단어는 알지만 '바다'가 어떻게 생겼는지를 몰라서 바로 나를 차에 태우고 포항 바닷가로 가실 만큼 부모님께서는 매우 열정적이셨다. 나에게 좋은 추억을 선물해 주신 부모님께 이 책을 빌려 감사하다는 마음을 전하고 싶고 성인이 되어 부모님을 모시고 여행을 다니겠다는 목표를 가지게 되었다. 공부는 처음부터 책을 펴서 공부한 것이 아니다. 어릴 때 내가 좋아했던 것은 만화와 레고이다. 지금도 집에 가면 레고로 되어 있는 배, 비행선, 많은 사람이 있다. 레고를 조립하고 완성해서 노는 나의 어릴 때 모습은 혼자여도 재미있었다. 펜토미노, 칠교판과 같이 수학과 관련된 놀이를 즐겨 했었고 점점 수학의 세계로 빠지게 되었다.

영재원 시험이나 경시 대회와 같이 수학과 관련된 시험이 있으면 열심히 하여 합격하고 내가 좋아하는 레고를 샀다. 성취감이라는 것을 누구보다도 나는 잘 알아서 쭉 쉬지 않고 공부를 할 수 있었다.

3번째 항(8~13)은 내가 여러 가지 도전을 하였던 초등학생의 나이다. 초등학생 때 나는 천진난만한 남자아이였다. 매일매일 학교 마치고 친구들과 축구를 하고 놀이터에서 저녁까지 술래잡기하던 남자아이였다. 나는 초등학생 때 대회란 것을 나가본 적이 없고 나간다고 하면 피아노 콩쿠르 밖에 나가 보지 않았다. 초등학교 때 3, 4, 5학년 때 쇼팽의 흑건, 즉흥환상곡, 베토벤 열정과 같은 클래식 곡들을 많이 쳤었다. 대회 준비를 위해서 친 것은 아니고 평소에 공부 혹은 친구 관계 같은 스트레스들을 해소하기 위해서 내가 좋아하는 클래식을 쳤었다. 요즘은 클래식보다 내가 치고 싶은 곡들을 친다. 예전에는 나를 보여주기 위해서 클래식을 쳤었다면 요즘에는 학업에 지친 나를 위로하기 위해서 피아노를 연주한다.

4번째 항은 대구과학고등학교를 준비했던 나의 모습이다. 대구과학고등학교를 입학 할 수 있었던 이유는 부모님, 선생님, 친구들 덕분이라고 생각한다. 중학교 2학년 때 처음으로 전교 1등이라는 것을 했다. 1학년 때까지만 해도 학교에서 친구들과 많이 다투고 무기력하게 살아갔는데 2학년 때 나에게서 제일 고마우신 선생님이 나의 반 담임을 맡게 다니셨고 정리와 계획하는 습관을 들여서 성적이 확 오를 수 있었다. 하지만 축구를 한 후 골반뼈가 골절되어 병원에 오래 입원했던 적이 있었다. 당시 며칠 뒤면 수학여행을 가야 했기 때문에 갈 수 없었던 나는 슬펐다. 하지만 선생님께서 집적 병문안을 오셔서 수학여행에 나를 책임지고 데리고 가겠다고 하셨다. 수학여행에 가서 선생님께서 매일 나의 건강 상태를 확인하시고 친구들이 옆에서 부축해 주어 결국 수학여행에 가서 좋은 추억을 만들 수 있었다.

영재고를 가야겠다고 마음먹은 후 입시 준비를 하는 학원에 들어갔다. 엄청나게 큰 학원이었는데 아직 물리, 화학 같은 과학을 한 번도 접해 보지 않은 나는 다른 친구들은 배우기 쉬울 때 큰 어려움을 겪었다. 모의고사를 치면 항상 꼴찌를 했고 발전해가는 모습을 볼 수 없었다. '여기서 포기할까?'라는 생각을 많이 했지만, 지금까지 달려

온 내가 너무 아까워서 '할 거면 제대로 해보자'라는 생각으로 열심히 하였다. 학교에서 쉬는 시간마다 공부하고 한 번씩 공부에 집중한다고 점심을 빼먹은 적도 많다. 이동하는 버스 안에서도 나는 책을 펴서 공부했었다. 매일 저녁 4시까지 공부를 했고 거의 1년 동안 매일매일 공부만 한 것 같다. 처음에는 다른 친구들에 대한 경쟁 '네가 이기나 내가 이기나 해보자.'라는 생각으로 독기를 품고 했었다. 하지만 어느 날 내 모습을 지켜보신 부모님께서 장문의 편지가 왔다. '힘들면 쉬어도 된다. 아빠는 네가 열심히 하는 것만으로도 행복하고 대견하다. 결과가 좋지 않아도 된다.'라는 내용이었다. 학원 화장실에서 이 편지를 보았는데 30분 동안 울기만 했다. 너무 힘이 되었고 든든하였다. 노력은 항상 빛을 본다. 나는 결국 대구과학고등학교 3단계 전형까지 합격하였다. 아마 이 시기가 17년 중에 가장 울고 웃고를 많이 했던 해가 아니었나 싶다.

5번째 항은 현재 대구과학고등학교에 재학 중인 나의 모습이다. 요즘 학교에서 즐겨 하는 취미는 농구이다. 점심시간마다 저녁이 되어 어두워도 매일매일 나가서 하고 있다. 1학기에 하루하루 시간을 헛되이 사용해서 허탈하고 나에게 남는 것이 없어졌다는 생각이 들었다. 아마 내 생각에 대구과학고등학교 입학 후 지금이 또다시 난관에 온 것 같다. 내가 해왔던 것처럼 이를 극복하기 위해서 부지런하게 살 수 있는 계획표를 이번 방학 때 만들었고 매일 매일 내가 되고 싶은 나의 모습이 되기 위해서 남들 몰래 노력하고 있다. 나는 내가 해낼 거라고 굳게 믿는다.

앞으로의 나의 모습, 나의 미래는 예측할 수 없다. 나조차도 모른다. 그렇기에 나는 미래의 나의 모습에 대해서 잘 이야기하지 않는다. 다만 인생을 헛되이 살아가지는 않을 것이고 앞으로 보여 줄 것이기에 잘 지켜보기 바란다.

20대 초반, 나는 친구들과 세계 곳곳을 여행 다니고 놀기 바쁠 것이다. 왜냐하면 나에게서 청춘이라는 시간은 소중하기 때문이다. 하지만 그렇다고 마냥 놀지는 않는다. 대학생이 되어 철이 든 나는 학업과 노는 일을 잘 분업하여 생활을 할 것이다. 그리고 대학을 조금 다니고 군대로 가는 나의 모습이 보인다. 군대에 가서도 열심히 생활을 하고 있다. 처음에는 적응이 되지 않는 나는 선임에게 혼나기까지 하지만 그 속에서 따뜻한 선임과 동료들이 나를 위로해 주고 감싸주고 있다. 군대를 갔다 오고 복학을 한 뒤 졸업을 한다. 사회로 나가게 된 나는 내가 원하는 일을 하고 있다. 이 일은 잘 모르지만 (아직 정확한 꿈에 대해서는 결정을 하지 못했다.) 아마 설레 하고 열심히 불타오르고 여유로운 모습이다. 사회에 나간 지 얼마 안 된 나는 당황도 많이 하고 우울한 모습도 많다. 하지만 가족과 친구 또 연인이 나를 지지해 주고 힘을 주어 나는 마침내 세계적으로 영향력이 있는 사람이 된다.

30대 많은 고난을 뚫고 정상에 오른 나는 강연 초청을 받고 봉사하는 모습이 보인다. 안정적인 위치에 도달한 나는 나를 지지해 주던 연인과 마침내 결혼을 하게 된다. 그리고 좋은 나날들을 보내고 가정을 꾸리게 된다. 아이가 태어나고 많은 곳에 여행을 가게 된다.

40대 한 가정의 가장이 되고 사춘기 아들과 딸을 관리한다고 힘들고 집이 소란스러워지려고 하나 가장으로서 가정을 잘 유지해나간다. 아이들의 꿈을 지지해 주지만 현실적인 조언도 해주는 아버지가 된 나는 50세가 되고 아이들이 꿈을 이뤄가는 모습을 본다.

60대가 되고 자녀와 독립하고 퇴직을 하게 된다. 그리고 남은 생을 회상하며 아내와 오붓하게 보낸다.

〈수열을 인생에 녹여 볼까?〉

수열은 수를 나열하는 것, 나의 인생에 녹인다고 생각하면 인생의 한 부분씩을 나열하는 것이라고 생각을 하였다. 나는 어떤 수열이 어울릴까? 생각을 했을 때, 나는 피보나치수열을 생각하였다. '어제의

나는 오늘의 나를 만들고 오늘의 나는 내일의 나를 만든다.'라는 나의 모토는 피보나치수열의 규칙성과 매우 닮았다. 노력으로 안 되는 것은 없다고 생각을 하는 나는 좌절에 빠져도 내일의 멋진 나의 모습을 위해서 항상 극복하기 위해서 열심히 살아간다.

수열은 끝이 정해져 있지 않다. 수열의 일반항을 구해내어 다음 항, 내가 원하는 항을 구할 수 있다. 내가 생각하는 인생철학과 매우 닮아 있다. 나에게 일어났던 수많은 일들, 그 일들이 좋든 싫든 나는 새로운 나의 철학을 만들어 간다.

오락가락 나의 꿈이 변했던 순간들

김규태

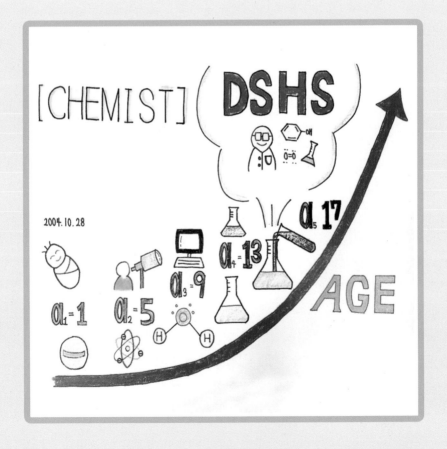

나의 꿈 수열

$$1 \rightarrow 5 \rightarrow 9 \rightarrow 13 \rightarrow 17$$

나의 꿈이 전환되었던 시기의 나이를
등차수열로 표현하였다.

나의 꿈 수열 해법

　현재의 꿈이 화학자이기에 저는 전자에서 원자, 원자에서 분자 이
렇게 점점 커지는 형상을 수열과 함께 표현해 보았습니다. 그럼 이
제 차근차근 제 꿈이 어떻게 변해왔고, 제가 어떤 인생을 살았는지,

앞으로는 어떤 인생을 살고 싶 은지에 알려드릴게요.

1살, 저도 다른 친구들 몇몇 친구들과 마찬가지로 연필을 돌 잡이에서 잡았습니다. 이미 제가 영재학교에 올 운명이었는지도 모르겠네요. 부모님은 제가 연필 을 잡는 것을 보고 분명 공부로 성공할 것이라고 믿었다고 하셨 어요. 그래도 아직 너무 어렸기 때문에 그냥 건강하게 자라는 게 가 장 큰 바람이었다고 합니다.

5살, 앞서 언급했듯이 제가 태어나서 처음으로 앞으로 커서 어떤 일을 하고 싶다고 느낀 것은 천체 물리학자라는 꿈을 가졌을 때였습 니다. 어릴 적 아직도 기억이 생생한 것이 있는데, 바로 부모님께서 3D 우주 책을 사 오신 것이었습니다. 특별한 색안경을 끼면 책에 있 는 그림들이 마치 3차원 형태로 보이는 것이었는데, 정말 신기했었 습니다. 그 책에는 태양계의 여러 행성의 그림, 성운, 성단의 그림이 있었고, 하나하나가 색이며 모양까지 모두 저를 '우주'라는 것에 빠 져들게 할 만큼 매력적이었습니다. 이러한 우주의 아름다움이 제가 우주와 별, 행성에 관해 탐구하고 싶다는 생각을 심어주었습니다. 단 순히 우주를 연구하고 싶다는 생각을 넘어 구체적으로 천체 물리학자라는 꿈을 가지게 된 것은, 제가 당시 보았던 다큐멘터리에서 '스티븐 호킹'의 장래 희망이 천체 물리학자로 소개되었기 때문입니다. 그게 무엇인지도 모르고 그냥 단순히 우주를 연구하는 그가 저의 장래 희망과 동일한 직업을 가지고 있다고 생각했고, 그게 정확히 어떤 일을 하는 직업인지도 모른 채 속으로 '나의 꿈은 천체 물리학자가 되는 거야'라며 생각했죠.

9살, 하지만 계기가 단순했던 만큼, 저의 꿈은 금세 바뀌었습니다. 그다음으로 제가 가지게 된 꿈은 컴퓨터 프로그래머였죠. 초등학교에 입학하면서 여러 방과 후 프로그램 등을 신청할 수 있었는데, 그중 '게임 만들기'라는 방과 후 수업이 있었습니다. 단순히 게임을 좋아하기에 부모님에게 부탁하여 그 방과 후 수업을 신청하였습니다. 첫 수업날 수업 장소는 '컴퓨터실'이었습니다. 이때까지만 해도 제가 왜 컴퓨터실에 가는 것인지 잘 모르고 마냥 컴퓨터로 몰래 게임을 할 수 있을 것이라는 사실에 신이 났었죠. 방과 후 수업에서는 컴퓨터 프로그램을 사용하여 제가 원하는 스토리의 게임을 만드는 수업을 했습니다. 컴퓨터를 이용해서 무엇인가를 만든다는 것을 처음으로 체험해 보며 이것을 제대로만

중학교 시절 사진 (중앙이 본인)

익힌다면 제가 하고 싶었던 것을 무궁무진하게 할 수 있을 것 같다는 기대감이 들었죠. 혼자 책을 사서 공부도 해보고 만들고 싶었던 것들을 스스로 프로그래밍 언어로 제작도 해보며 컴퓨터 프로그래머라는 꿈에 대해 조금 더 이해할 수 있었습니다. 그리고 저는 컴퓨터 프로그래머가 된 저의 미래를 꿈꾸게 되었죠.

13살, 하지만 또다시 제 꿈은 바뀌게 되었습니다. 화학자라는 직업에 더 많은 관심을 가지게 된 것이죠! 정확히 말하자면 이때는 화학에 더욱 많은 관심을 가졌던 때입니다. 아직 저의 꿈은 아니었죠. 프로그래밍보다 화학에 더 큰 흥미를 느낀 순간이었습니다. 앞에서 언급한 전기 도금 실험 등 중학교 입학 후 수많은 시약으로 실험을 하며 신비로움과 그 이유에 대한 궁금증을 품게 되었죠. 이를 해결할 수 있는 학문이 화학이었습니다. 제가 처음으로 어떠한 학문을 정말 깊이 있게 공부한 순간이었습니다. 이때부터 화학자라는 진로에 대한 고민이 생겼습니다.

그러다 제 장래 희망으로서 화학자를 확정 짓는 일이 생겼습니다. 어느 날 물탱크 점검 후 집에서 수돗물을 틀었는데, 갈색의 더러운 물이 나왔습니다. 샤워하려던 저는 경악을 금치 못했죠. 한참 동안 그 물을 틀어서 다시 깨끗한 물을 나오게 한 뒤에야 비로소 안심하고 샤워를 할 수 있었습니다.

그 이후 저는 '수질'에 관심이 생겼습니다. 과연 물탱크의 교체, 관의 교체가 수질에 어떤 영향을 미칠지에 대한 의문이었죠. 인터넷을 찾아보니 'EDTA 적정'이라는 것이 있었죠. 이 실험을 어떻게 진행하는 것인지, EDTA는 무엇인지, 적정이란 무엇인지 처음부터 다시 공부를 시작했습니다. 그리고 본격적 실험 수행에 돌입했습니다. 아파트의 지은 날짜를 5년 단위로 하여 수돗물과 정수 물을 직접 채취하고 그 물에서 금속 이온의 농도를 측정하는 실험을 진행했습니다. 이것이 제가 화학자라는 꿈을 확정하는 계기가 되었습니다. 처음으로 저의 궁금증에 대해 가설을 설정하고, 실험을 설계하고, 수행하는 과정이었습니다. 마치 화학자가 미래에 하는 일을 미리 체험해 보는 기분이었습니다.

화학자라는 꿈을 확정한 뒤, 저는 제 꿈을 이룰 방법을 찾아보았고, 영재학교를 알게 되었습니다. 특히 같은 지역의 아는 형이 다니고 있던 대구과학고등학교에 관심이 생겼습니다. 많은 실험 장비와 저와 같은 진로를 가진 친구들을 만난다는 생각에 상상만으로도 즐거웠습니다. 그때부터 저는 대구과학고등학교 입학이라는 작은 목표를 가지게 되었습니다.

17살, 중학교 시절의 여러 노력 끝에 저는 대구과학고등학교에 입학하게 되었습니다. 과학고등학교라는 이름에 맞게 많은 실험을 설계하고 진행을 해야 하는데, 실험하면서 체계적으로 구상하고 필요한 장비를 떠올리고, 실험 과정을 수립하는 것이 거의 처음이었기 때문에 처음에는 힘들었습니다. 실험실에 들어가면 처음 보는 장비들뿐이었고, 사용법을 제대로 익히는 데까지 많은 어려움이 있었습니다. 하지만 이러한 배움의 과정을 통해 더욱더 화학자라는 꿈에 다가간다고 생각하며 이 역시 즐거움으로 헤쳐 나가고 있습니다.

사실 입학하기 전에는 모든 것들이 걱정되었습니다. 처음 겪는 기숙사 생활이었기에 스스로 많은 것을 결정하고 선택해야 하며 평소에 부모님께서 당연한 듯 챙겨주신 것들도 모두 저 스스로 한다는 것, 중학교 시절 학교가 끝나면 놀기 바빴던 때와 달리 자기 전까지 자습을 하면서 보내야 한다는 점 등이 저를 긴장하고 걱정하게 했습니다. 하지만 지금까지 제가 느낀 건 생각보다 할 만하다는 것이었습니다. 제가 좋아하는 화학 공부를 중점적으로 하면서 자습 시간을 보내고 있고, 기숙사에서는 같은 방 친구들끼리 서로 도움을 주고받으며 생활하고 있습니다. 이처럼 학교에 다니면서 즐거운 점도 있지만 슬픈 점도 있고, 잘 되는 것도 있지만, 힘든 점도 있습니다. 앞으로도 여러 역경이 있지만, 화학자라는 꿈을 위해, 저는 오늘도 열심히 노력하고 있습니다!

꿈을 이룬 미래, (3N+1)살, 노벨 화학상을 수상하고, 세계 화학계의 인사가 된 저는, 인류의 지속가능한 발전을 위한 새로운 에너지 개발에 몰두하고 있습니다. 대부분의 에너지가 고갈의 위기에 처

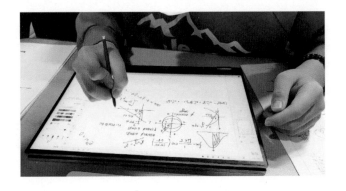

한 현실에, '인류의 행복 증진을 위해 나의 재능을 쓰겠다.'라는 신념과 함께, 고효율 전지와 새로운 형태의 발전기 개발에 힘을 쓰고 있습니다. 인류의 생존과 발전이 저와, 함께하는 연구진에 달려 있다는 책임감과 사명감으로, 그리고 드디어 나의 꿈이 실현되었다는 기쁨으로 하루하루 즐거운 마음으로 연구하고 있습니다.

동전 하나로부터 시작된 나의 꿈은, 영재학교를 거쳐 이제 노벨 화학상을 받고, 인류의 미래를 책임지기까지, 한 없이 커졌습니다. 한편으로는 큰 부담도 되고, 걱정도 되지만, 원하던 것을 마음대로, 그리고 자유롭게 할 수 있게 되었다는 점은 무엇보다 기쁜 점입니다. 여러분도 꿈을 가지고, 차근차근 노력하다보면, 언젠가 반드시 그것을 이룰 수 있을 것입니다!

매 순간을 만들어 가는 나

김나림

나의 꿈 수열

＊ '망원급수'란??

수학에서 '망원급수(telescoping series)'란 부분적 항들의 합이 소거 후에 결과적으로 고정된 값만이 남는 수열을 일컫습니다. 즉, 항을 특별한 형태로 조작하여 여러 항의 합을 구해 보면 구성 요소들이 서로 소거되어 간단한 식으로 합이 표현됩니다. '부분분수의 분해'를 응용한 망원급수가 그 대표적인 형태입니다.

$$\frac{1}{AB} = \frac{1}{AB} \times \frac{B-A}{B-A}$$

$$= \frac{1}{B-A} \times \frac{B-A}{AB} \qquad (\because \text{분모 바꾸기})$$

$$= \frac{1}{B-A}\left(\frac{B}{AB} - \frac{A}{AB}\right) \quad (\because \text{분수 나누기})$$

$$= \frac{1}{B-A}\left(\frac{1}{A} - \frac{1}{B}\right) \qquad (\because \text{약분})$$

예를 들어, 여기에서 B-A가 일정하고, 연속된 항들을 나열했을 때 분수 부분이 소거된다면 쉽게 합을 구할 수 있겠죠??

나의 꿈 수열 해법

저는 '수열로 내 꿈에 다가가기'라는 주제를 듣자마자, '망원급수'에 대해 이야기하고 싶다는 생각이 머릿속에 박혔습니다. 일정한 규칙을 가진 항들을 더해가다 보면, 전 항의 수들이 소거되어 어려워 보이는 문제가 간단하게 풀리는 아름다움에서 매 순간 어려움에 부딪히고 또 극복해나가는 저의 모습이 보였기 때문이죠.

제 인생의 일반항 은 저의 꿈(Dream)을 나타냅니다. 그리고 이 꿈들이 누적되어 만들어가는 저 자신은 (Narim)이라고 나타내었습니다. 매 순간 어려움을 맞닥뜨리고 변화에 맞서는 순간, 새로운 목표들, 새로운 이 만들어집니다. 비록 이 어디까지 갈지, 인생의 어려움이 얼마나 많을지는 알 수 없지만, 삶에서 어려움이 많아지고 이를 극복해 나갈수록 N은 1에 무한히 가까워집니다.

저는 가끔 머릿속이 어지러울 때, 지금껏 제가 달려온 길을 되짚어 보곤 합니다. 고등학교에 막 입학해서 우울증으로 힘들어하던 때, 이를 이겨낼 수 있었던 힘도 여기에서 나왔습니다. 제가 지금껏 어떻게 노력해 왔는지, 무엇을 위해 살아갔는지 생각하다 보면 어느새 '할 수 있을 것 같다'는 생각이 들고 다시 일어설 용기를 얻을 수 있었습니다. 그럼 제가 살아오면서 어떤 꿈을 꾸었는지, 어떤 생각을 해 왔는지 함께 보실까요??

D_1, 어렸을 적에는 아무런 꿈이 없었습니다. 태어난 것(+)이라는 기쁨과 동시에 얼마 지나지 않아 수술을 받게 된(-) 경험이 있었습니다.

D_2, 수술에서 회복하고는 부모님과 함께 미국에서 잠시 지내게 되었습니다. 이때 친구들과 장래희망을 발표하는 시간에 무슨 이유에서인지 '신발 장인'이라는 꿈을 가졌습니다(+). 지금 생각해 보니 그

D_2 시기 나의 모습

냥 무언가를 만지고 뚝딱뚝딱하는 걸 좋아했던 것 같네요. 하지만 한국에 돌아와서 학교에 입학하고, 새로운 지식을 배우며 곧 공부의 즐거움(-인 것 같은 +)을 깨닫게 되었습니다. 매일매일 학교를 마치면 도서관에서 책을 읽었고, 과학 잡지에 사연을 보내기도 하였죠.

D_3에서는 과학 분야에 종사하는 아버지를 보고 과학자의 꿈을 키우게 되었습니다(+). 이때 선생님의 권유로 대학 부설 영재교육원을 다니면서 새로운 친구들을 만나고, 집에서는 하기 어려운 실험을 할 수 있게 되었습니다. 선생님과 함께 크로마토그래피, 식물 배양 등의 기초적이고 신기한 실험을 배우고, 직접 해보았습니다. 특히 영재교육원에서 '도우미 활동'을 진행했는데, 동생을 가르치며 매주 새로운 주제와 실험을 생각하고, 테스트도 하면서 가르치는 일에도 흥미를 느끼게 되었어요. 그 당시 짧은 과학 실력임에도 동생과 함께할 수 있는 재미있는 실험을 진행하기 위해 매일 고민하고 과학책과 실험책들을 찾아보았습니다. 식초와 달걀 껍데기의 반응을 이용한 달걀 탱탱볼 만들기, 보라색 양배추로 지시약 만들기 등 주변의 물건들을 이용해 쉽고 재미있게 진행할 수 있는 실험을 진행했습니다. 초등학교 시절 가장 기억에 남는 이야기는 구독하던 과학 잡지 〈과학소년〉에 열혈 독자로 인터뷰하게 된 일입니다. 잡지의 열혈팬이었던 저는 영재교육원 활동에 잡지가 도움이 되었다는 내용으로 편지를 써서 회사에 보냈고, 전화 인터뷰를 진행하게 되었습니다. 꿈꾸던 잡지에 실린 제 모습을 보며 매우 뿌듯했고, 학교에서 친구들이 알아보며 괜히 우쭐해하기도 하였습니다. 하지만 중학교에 입학하고 영재

친구들과 함께 실험 대회인 'ASEAN+3 Junior Science
Odyssey'에 대한민국 대표로 출전했을 때의 사진입니다.

학교에 입학하겠다는 목표를 세워 공부하면서 생각보다 공부는 어
려워졌고(-), 이에 저는 잘하는 친구들을 보면서 더욱더 독하게 공
부하게 되었습니다.

D$_4$. 노력 끝에 대구과학고등학교에 입학하게 되었을 때, 저는 그
동안의 노력과 힘듦이 모두 보상받는 짜릿한 기분을 느꼈습니다. 합
격 후 한 대회에서 대한민국을 대표해 참여하게 되었는데, 국가대표
로 대회에 참가한다는 사실에 부담도 되었지만, 영어로 새로운 친구
들과 토론하고 실험 과제를 진행하는 활동이 매우 재미있었습니다.
대회에 참가한 이후, 더 큰물에서 놀고 싶다는 욕심과 연구에 대한
갈증이 많이 생기게 되었어요.
　'ASEAN + 3 Junior Science Odyssey' 대회에서 대한민국 팀

은 금메달 7개, 은메달 5개, 동메달 5개로 전체 2위를 차지했습니다!

저는 Laboratory Skills, Group project and Presentation 종목에서 금메달, Poster Presentation 종목에서 동메달을 따 전체 2위에 올랐어요.

가장 좋았던 점은, 세계의 다양한 친구들과 함께 이야기하고 프로젝트 발표를 준비하며 친해질 수 있었다는 점입니다. 모두의 문화와 생활 모습이 달라, 이야기가 재미있었어요. 또 대한민국의 K-POP과 한국어의 여러 표현이 매우 잘 알려져, 괜히 한국인으로서 뿌듯하고 자부심이 들었던 기억이 있네요.

대구과학고등학교에 입학하면서, 여러 수업과 강연을 들으며 공부하게 되었습니다. 그래서 꾸게 된 꿈이 '내 이야기를 할 수 있는 사람이 되고 싶다'는 것입니다.(+) 저는 오늘도 멀게만 느껴지는 저의 꿈을 이루기 위해 최선을 다해 공부하고 있습니다.

미래의 제 모습을 생각하면 하고 싶은 일을 할 것이라는 설렘과 함께 과연 잘 해낼 수 있을까 하는 작은 걱정도 함께 떠오르곤 합니다. 만약 미래에 제가 꿈을 이루고 바이오일렉트로닉스 연구자가 된다면, 제가 개발한 기술을 이용해 더 나은 의료 서비스 시스템을 제공하고, 생명과학 연구를 발전시켜 나가고 싶습니다. 또 저는 사람들 앞에서 내 인생과 내 연구에 대한 이야기를 하는 꿈을 가지고 있습니다. 팀과 함께 공들인 프로젝트를 강연을 통해 대중에게 소개하고, 더 많은 사람들이 과학과 기술에 관심을 가질 수 있도록 하는 것이 저의 바람입니다.

마지막 날 '문화의 밤' 행사에서 각국의 대표들이 전통 의상을
입고, 공연을 진행하였습니다. 한복이 이렇게 아름답게 느껴졌던
것은 처음이었어요.

내_꿈_알차게_ZIP

김대희

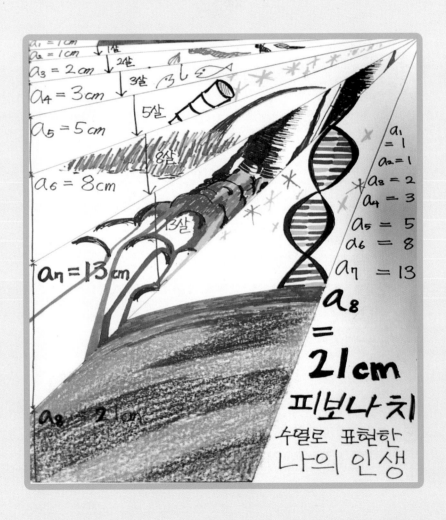

나의 꿈 수열

$$a_n = a_{n-1} + a_{n-2}\,(a_1 = 1, a_2 = 1)$$

피보나치수열. 이 책의 수열로 나의 꿈 다가가기 부분에 있는 거의 모든 부분에서 볼 수 있는 수열.

피보나치수열은 정말로 위대한 수열이다. 피보나치수열은 정말로 신기한 수열인 것 같은데, 수열 자체는 간단하지만, 피보나치수열을 신기하게도 자연의 생물에서 많이 나타난다. 브로콜리의 모양, 해바라기 씨의 배치 구조가 모두 피보나치수열로 되어 있다고 한다. 그런데 왜 피보나치수열을 생물들은 가졌는지 난 궁금했다. 그 이유는 좁은 공간에 최대의 배치를 하기 위해서 피보나치수열을 가지는 것이었다. 해바라기 씨를 최대로 배치하기 위해, 브로콜리도 자신의 봉우리를 최대한 배치하기 위해서 피보나치수열을 가지게 된 것이었다.

나도 인생을 알차게 보내보고 싶었다. 알찬 삶을 살아보고 싶었고, 그래서 피보나치수열로 내 인생을 표현해 보았다. 나는 어렸을 때, 화실에 다니면서 그림을 그렸었는데, 그것이 내가 지금까지도 그림을 좋아하게 된 이유인 것 같다.

또 난 어부가 되어보고 싶었다. 어렸을 때 갈치잡이를 하러 갔었는데, 갈치를 한 마리도 못 잡고 그냥 돌아와야 했었고, 그 뒤에 어부가 되어 고기를 많이 잡고 싶다고 생각했었다.

농사를 하고 싶기도 했었다. 친할머니가 농사를 지으셨는데, 그 맑은 공기가 넓은 밭 그리고 수확의 기쁨이 마음에 무척 들었다. 하지만 벌레를 당시에 좋아하지 않아서, 벌레가 없는 도시에서 농사를 지으면 좋겠다고 생각하였고, 도시 농사와 관련해서 아직도 큰 흥미를 느끼고 있다. 이렇게 다양한 흥미와 꿈

을 가지고 있
던 나였지만
나는 우주가
좋았다. 아직
많은 것이 밝
혀지지 않았
지만 너무나
도 아름다운 우주를 내가 연구한다면 더 아름다운 것을 찾
을 수 있지 않을까 생각했고, 어떻게 그렇게 아름다운 우주에
사람들이 갈까 하는 생각을 했다. 그리고 로켓을 알게 된다.

　로켓은 정말 멋있었다. 거대한 불꽃과 엄청난 연기, 그리
고 거대한 몸체가 날 사로잡았다. 우주도 매력적이었지만 로
켓이 더 매혹적이었다. 로켓을 보고 나서 난 로켓을 만들어야
겠다고 다짐했다.

　하지만 전의 꿈이 농부와 어부였듯 나는 생물에도 관심이
많았고, 생물로도 전공을 정하고 싶었다. 하지만 생물과 우주
를 함께 할 수 있는 직업을 찾지 못하고 있었다. 그런데 고등
학교에 와서 미국 학생들과 교류하는 프로그램인 GRP의 한
분야가 우주 생물학이었고, 우주 생물학이 무엇인지 조사하
며 우주에서의 생물에 대한 활동을 조사하는 우주 생물학이
야말로 나의 목표임을 알게 되었다. 그렇게 난 우주 생물학자

가 되기로 했다. 이렇게 다양한 꿈을 가진 내가 꿈에 대해 많이 고민하며 삶을 알차게 보냄을 알 수 있었고, 이를 피보나치수열로 담아냈다.

나의 꿈 수열 해법

우주 생물학자라는 꿈에 다가가기 위해서 난 열심히 화학을 하고 있다. 특별히 화학을 공부하는 이유는 2가지가 있다. 첫 번째는 화학이 재미있긴 한데 참 어려운 것 같다. 화학이라는 그 과목은 정말로 너무 매혹적이다. 일련의 실험을 통해 규칙을 찾고, 그것을 일반화할 수 있는 수식으로 만들어 다른 상황에서도 사용할 수 있도록 하는 것은 생명과학과는 사뭇 다른 매력이 있는 것 같기에 매혹적인 것 같다. 그만큼 재미있지만 이른 시간 안에 수식을 적용해 문제를 해결하는 것은 어려운 것 같다. 그래서 공부를 열심히 하고 있다. 두 번째는 우주 생물학자와 연관성이 깊기 때문이다. 생화학이 있듯이 생명과학과 화학은 깊은 연관성이 있다고 보아도 무방하고, 특히 내가 우주 생물학을 하면서 연구를 하고 싶은 것은 우주에서 식물의 변화를 관찰하고 화성에서 식물을 재배할 수 있게 유전자를 재조합해서 만들거나 식물의 유전자는 변화시키지 않고 화성에서 재배할 수 있는 환경을 생각해내는 것이다. 식물과 관련된 연구, 그리고 유전자를 재조합하는 연구는 화학과 밀접한 관련이 있기에 난 화학도 열심히 공부하는 것이다.

또 난 나의 꿈에 다가가기 위해서 우주와 생물과 관련된 강연은 거의 모두 참석하며 나의 지식을 넓히기 위해서 노력하고 있다. 강연이 시간 낭비라고 생각하는 친구들도 있겠지만, 나는 그 강연을 통해 조금씩이라도 얻는 것이 있었고, 아는 것을 듣고 있다면 다시 한번 배우는 기회라고 생각하기에 열심히 듣고 있다.

독서도 꾸준히 하고 있다. 독서가 초등학교 때는 시간이 날 때 하는 여가 생활이었지만 스마트폰을 가지니 책 읽기는 휴대전화 보기로 전환되었다. 하지만 고등학교에 들어오니, 거의 모든 상식이 이때까지 읽은 책에서 나온다는 것을 알게 되었다. 정말 좋다고 생각나는 아이디어도 모두 책에서 나왔었

다. 그래서 책을 꾸준히 읽으면서 나의 지식을 차곡차곡히 쌓아보기로 했고, 열심히 읽고 있다.

내가 우주 생물학자가 되기 위해서 난 어떤 미래를 살아야 할지도 생각했다. 일단 화학 생명 공학과에서 공부하고, 부전공으로 우주물리학 등을 선택해 공부한다. 그리고는 KARI에 입사하거나 외국의 우주 민간기업에서 일하면서 우주 개발에 힘쓸 수도 있고 분명히 미래에는 우주 개발이 또 한 번 뜨거워질 것이므로 따로 아이디어로 민간기업을 만들어 대규모 우주기업에 납품하는 방식으로 사업을 해

보고 싶기도 하다.

어찌 되었든 나는 나의 꿈을 위해 열심히 노력하고 있으며, 나의 목표가 미래에 꼭 이루어지기를 바란다.

쉬운 것이 가장 중요하다

김민서

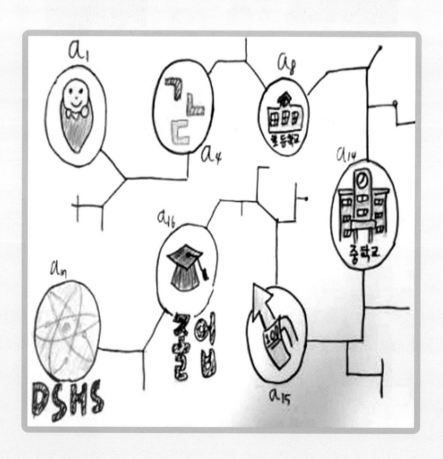

나의 꿈 수열

$$1 \rightarrow 2 \rightarrow 3 \rightarrow \cdots \rightarrow 16 \rightarrow 17 \rightarrow \cdots (\text{미래})$$

$a_n = n$, 가장 기본적인 등차수열이다.

나의 꿈 수열 해법

제 꿈인 컴퓨터 프로그래머와 연관 지을 수 있는 양식이 무엇이 있을까? 하고 고민하다가 짧다면 짧고, 길다면 긴 제 인생의 중요 사건들을 회로로 연결해 보아야겠다고 생각했습니다.

n번째 항은 제가 n 살 때를 의미합니다. 초항이 1이고 등차도 1인, 아주 간단한 등차수열입니다. 사실상 어렸을 때부터 손가락을 접었다 폈다 하면서도 익힐 수 있는 이 수열은, 아주 간단하지만 매우 중요합니다.

어떤 것이든 기본을 완전히 이해해야 응용되는 어려운 개념들도 이해할 수 있는 법입니다. 공부는 건물을 세우는 것과 같습니다. 어떤 건설회사가 건물을 완성하고 입주민들을 받았는데, 건물이 자꾸 휘청휘청하고 입주민들은 두려움에 빠집니다. 사실 철근을 하나 삐뚤게 세운 상태에서 건설을 시작한 것입니다. 이 건물을 바로잡기 위해서는 건물을 다 파헤쳐 삐뚤게 세운 기둥 하나를 찾아내야만 합니다. 마찬가지입니다. 기본적인 개념에 아주 약간의 오해라도 남긴 채 다음 응용되는 개념을 배워나가다 보면, 여러분들의 사고에 의구심이 쌓이는 순간이 올 것입니다. 따라서 저는 가장 간단한 걸 익히는 게 무언가를 배울 때 가장 중요하다고 생각합니다.

이런 건물을 세워서는 안 되겠죠?
(출처: city.kitahiroshima.hokkaido.jp 사이트)

한 가지 더 중요한 성질이 있습니다. 이 수열은 제가 태어났을 때 시작합니다. 그렇다면 끝은 언제일까요? 이 수열은 끝이 없습니다.

제가 세상에 나와 시작된 이 수열은 제가 언젠가 죽더라도, 계속 이어집니다. 호랑이는 죽어서 가죽을 남기고, 사람은 죽어서 이름을 남긴다는 말이 있습니다. 아인슈타인, 페르마 등의 저명한 과학자, 수학자들도 이미 죽었지만 그들의 이름은 끊임없이 거론됩니다. 그들이 태어나서 시작된 그들의 수열이 현재까지도 이어지고 있는 것입니다! 끊임없이 이어지는 등차수열처럼, 계속해서 기억되는 훌륭한 업적을 남긴 위인들처럼 저 또한 저의 등차수열을 끊임없이 이어나가고 싶습니다.

가장 쉬운 기초적인 개념이 가장 중요하다는 신념과 더불어 영원히 이어지는 업적을 남기고 싶다는 생각에, 이 이라는 수열을 선택해 보았습니다.

a_1은 제 삶의 시작을 의미합니다. 뭐가 되고 싶은지, 뭐가 하고 싶은지도 모른 채 그저 배고프면 우는 평범한 아이는, 무엇이든 될 수 있는 가능성을 품고 있습니다. 돌잡이 때는 연필을 잡았다는데, 이 아이는 17년째 연필을 잡게 되리라고는 상상도 못 했을 겁니다. 여쭤보니 부모님은 제가 태어났을 때 의사가 되었으면 좋겠다고 생각하셨다네요.(슬프게도 전 의학 쪽은 전혀 관심이 없습니다.)

a_4 점점 자라 a_4에 도달합니다. 마침내 한글을 깨우치고 사회에 적응할 가장 기초적인 조건에 도달하는 순간입니다. 1, 2, 3, 4… 이 정도의 숫자 나열을 보면 '1씩 증가하는 수열이네!'라는 걸 짐작하듯, a_4에 도달한 저도 가족 사회를 점점 이해하고 적응하는 듯했습니다.

여러 만화책, 동화책, 그림책들을 읽었었는데, 신기하게 아직도 기억나는 책은 '책 먹는 여우'입니다. 어릴 때 읽은 책 중에 결말이 아직도 기억나는 건 이 책이 거의 유일한데 저도 이유는 잘 모르겠습니다. 책에서 여우는 '책'을 먹으며 살아가는데, 평소에는 도서관에서 책을 빌려와 집에서 먹곤 했습니다. 결국 걸리게 되고 감옥에 갇히게 되는데, 자신이 직접 책을 만들어 먹으면 된다고 생각하게 된 것이었습니다! 이 책을 아직도 기억하는 이유는 자기가 직접 책을 쓰고 그걸 먹는, 자신의 특기를 살려 문제를 해결하는 모습이 당시 저로서는 상당히 인상 깊었던 게 아닌가? 하는 생각을 해 봅니다.

내용은 익숙한데 이 여우 캐릭터는 왜 이렇게
안 익숙한지 모르겠네요.

a8, 초등학교에 입학했습니다. 이사로 인해 초등학교를 두 번이나 옮겨서 한 곳에서 안정적으로 인간관계를 만들어 나갈 수는 없었지

만, 아직도 가끔 만나는 소중한 친구들이 있습니다. 다들 공부도 열심히 하는, 서로에게 선의의 경쟁자로서 좋은 영향을 주는 친구들입니다. 평생토록 함께 꿈을 공유해갈 친구들입니다.

a14, 제 인생이 코스요리라면, 아직까지는 숟가락을 들었을 뿐입니다. 에피타이저를 먹는, 첫 요리를 맛보는 것은 중학교 때였던 것 같습니다. 즉 제 인생에서 중요한 일이 진행되기 시작한 건 중학교 때부터였습니다.

중학교 초반에는 그리 좋은 성적을 받진 못했습니다. 하지만 학년이 오르면 오를수록 점점 공부하는 법을 깨달아갔습니다. 수학은 이렇게 공부하고, 과학은 저렇게 공부하고, 인문 과목은... 이런 자신만의 공부 스타일을 확립해가고, 그게 먹힌다는 사실을 시험 결과를 통해 입증해 보일 때마다 이루 말할 수 없는 쾌감이 저를 감싸는 듯했습니다. 공부하는 법을 터득하니 막 '공부하고 싶어서 미칠 것 같아'와 같은 느낌까지는 아니지만, 공부에 어느 정도 흥미가 들기 시작했습니다.

저는 시험 기간에는 도서관에서 공부하곤 했는데, 공부하기 직전 공부를 통해 '스스로가 발전하는 시간이 될 것이라는 기대감에서 오는 두근거림'을 느끼게 되었습니다. 결국 중학교 막바지에는 아주 만족스러운 등수에 위치하게 되었습니다. 동시에 저 자신에 대한 무한한 가능성도 느낄 수 있었습니다.

특히 중학교 때 다닌 학원이 저랑 정말 잘 맞았습니다. 분위기도 빡빡하지 않고, 선생님과 학생들 간의 커뮤니케이션이 자연스럽게 일어나며, 친구들끼리도 수업 도중에도 웃으며 즐거운 분위기 속에서 공부하니 지치지 않고 제 수학, 과학적 역량을 꾸준히 키워나갈 수 있었습니다. 또 한편으로는 이런 생각도 있었습니다. 입시라는 것은 어떻게 보면 고난이지만, 한편으로는 지금밖에는 주어지지 않는, 이 순간이 지나면 영영 주어지지 않는 기회라고. 누군가에게는 이 기간이 자신의 '스펙'이 되지만, 다른 누군가에게는 어영부영 그저 흘러가는 대로 생각 없이 살았다는 '꼬리표'가 된다고 생각했습니다. '적어도 나중에 후회하지 않을 정도로는 해보자'의 신념으로 공부하니 결과도 자연스레 따라오는 것 같았습니다. 영재고 입시 공부를 늦게 시작한 편이었는데, 정말 운이 좋게 합격하여서 입학 후에도 남들보다 늦게 시작한 만큼 더욱 열심히 해야겠다고 다짐하곤 합니다.

항상 다짐하지만 지키기 어려운 건
저만 그런게 아니겠죠.?
(출처: InFlearn 새해다짐 이벤트 사진)

a17 그리고 현재, 저는 대구과학고의 학생이 되었습니다. 아직도 교장 선생님의 말씀이 기억납니다. "너네는 처음에는 이렇게 이쁜데, 갈수록 왜 이렇게 삭아지니?" 저도 처음에는 아침마다 적어도 샤워는 하고 나왔는데, 요즘에는 바쁘단 핑계로 조금씩 조금씩 안 씻고 나오는 경우가 생기고 있습니다. 이 글을 쓴 이후로는 예외 없이 항상 씻고 나와야 할 것 같습니다.

처음 학교 왔을 때는 아무것도 모르는 병아리였습니다. 학교 구조도 잘 모르겠고, 기숙사에서 생활하는 방법이며, 공부하는 방식까지 모든 게 의문투성이인 나날들이었습니다. 그저 '열심히 하면 잘 되겠지'라는 믿음으로 계속해 나갔습니다. 아직도 첫 시험이 기억납니다. 물리 시험이었는데, 너무 떨리는 손을 겨우 붙잡으며 겨우겨우 풀어 나갔습니다. 특히 첫 물리 시험의 결과도 정말 드라마틱했습니다. 물리 시험이 역학과 전자기 파트로 나누어져 있었는데, 먼저 나온 역학 시험만 봤을 때 상당히 낮은 점수가 나온 것이었습니다. 겨울방학 때 열심히 달려왔던 것들이 주마등처럼 스쳐 지나가며 상심해 있을 때, 전자기 만점이라는 기적이 저에게 찾아왔습니다. 합치니 정말 만족스러운 성적이 되었고, 아직도 잊을 수 없는 순간 중 하나입니다.

이 학교에 와서 느낀 것은, 어떤 과목이든 열심히 하면 모두 좋은 성적을 낼 수 있다는 것입니다. 문과 과목은 아직 부족한 점이 많지만, 적어도 이과 과목에서는 공부한 만큼 성적이 나오는 것 같습니다. 공부하면 성적이 나오는데, 순간의 유혹을 참지 못하여 만족스럽지 못한 성적을 받게 된다면, 그만한 후회가 없을 것 같다고 생각했습니다. 설령 성적이 안 나오더라도, 후회하지 않을 정도로는 해

187

보자는 신념입니다.

a17의 위치에서 치열하게 달리고 있습니다. 좋은 대학을 진학하고 각자의 꿈을 이루기 위해 모두들 열심히 노력하는 가운데, 저도 한자리를 차지하기 위해서는 그저 열심히 하는 수밖에는 없다는 걸 깨달았습니다. 이리저리 핑계 대며 현실을 회피할수록 미래도 저에게서 멀어진다는 것 말입니다. 회로 소자 중에는 '트랜지스터'라는 게 있습니다. 트랜지스터는 전기신호를 증폭시키는 역할을 합니다. 대구과학고 진학이라는 큰 기회를 발판 삼아, 제 인생이라는 회로의 a17, a18, a19의 위치에 강력한 트랜지스터를 설치하며 폭발적으로 성장하고 싶습니다!

a30 새파란 잎새처럼 무엇이든 될 수 있는 꿈을 가졌던 아이는 어느덧 자라 사회의 안 부분에서 입지를 다졌습니다. 아마 정보 관련 산업에 종사하고 있을 것입니다. 구체적으로는, 대기업에서 월급을 받는 프로그래머일지, 저만의 사업을 꾸려나가는 웹 디자이너일지, 저도 잘 모릅니다. 저는 제 부정확한 꿈을 구체화시킬 수 있는 터닝 포인트가 어느 순간에 나타났으면 합니다. 그런 순간이 왔을 때 제가 그 기회를 잡아챌 수 있도록 저 자신에 대한 자기계발을 이어나가고 있습니다. 확신할 수 없는 미래이지만, 제가 되고 싶은 꿈에 가장 가까운 상황을 가정하여 이야기를 이어나가보겠습니다. 저는 대기업에서 높은 월급을 받고 일하기보다는, 제 사업을 꾸려 나가는 쪽을 선택할 것입니다. 제 성향에는 정형화된 틀에서 반복적인 일을 하는 것보다는, 여러 변수가 존재하는 탐험적인 일에 스스로가 좀 더

끌리는 것 같습니다. 제가 곧 영재고 입시를 도전한 큰 이유 중에 하나가 수능을 안 보고 싶어서인데, 수능도 앞서 말한 제 성향에 맞지 않습니다. 저는 참신한 아이디어를 도출해내는걸 좋아합니다. 점점 객관적이고 답이 명확한 문제에 대해 정답을 도출해 내는 건 의미를 잃어가고 있습니다. 사람보다 로봇의 영역이 되어가고 있고, 그 영역은 점점 확장되고 있습니다. 그러나 인간만이 할 수 있는 창의적 사고는, 꽤 오랫동안 유효할 것입니다. 문제의 본질을 꿰뚫어 문제상황을 단번에 해결할 수 있는 아이디어를 도출하는 것만큼 흥미로운 일은 없는 것 같습니다. 제 목표는 세상에 영향력을 가하는 사람이 되는 것입니다. 제가 개발한 무언가로 인해, 사람들의 편의가 증가한다면 그만한 보람이 없을 것 같습니다. 제가 가진 아이디어와, 제가 가진 기술력을 융합하여 세상에 도움이 됐으면 합니다.

수열로 표현한 내가
걸어왔던 나의 길

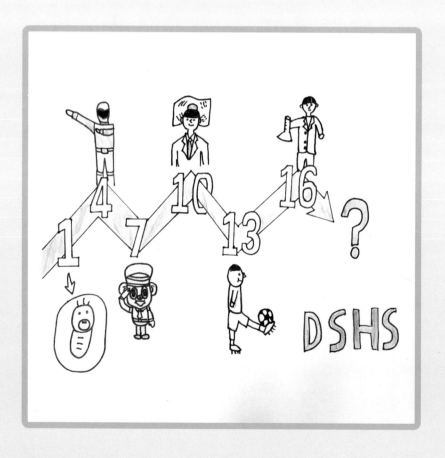

나의 꿈 수열

등차수열

옆에 그림은 1, 4, 7, 10, 13, 16으로 증가하는 공차가 3인 등차수열을 나타낸 것입니다. 아무래도, 인생을 17년 정도 산 제가 생각하기에는 공차가 3인 수열이 가장 적당할 거 같아서, 이렇게 정해봤습니다.

나의 꿈 수열 해법

나름 열심히 그리려고 노력한 그림인데, 다시 보니 너무 못 그렸네요. 저의 그림은 7살에 그린 그림보다 발전한 점이 없는 것 같습니다. 오히려 7살 때의 그림이 더 잘 그린 것 같네요. 아무튼, 숫자의 순서대로 그림 설명을 시작하겠습니다.

1살 때는 아무 생각이 없는 아주 작고, 귀여운 아기입니다. 이때는 아마도, 영재학교에 진학할 줄은 꿈에도 몰랐죠. 부모님도 제가 영재학교에 갈 줄은 꿈에도 몰랐다고 하셨습니다. 그냥 건강히만 자라기를 바라셨던 부모님은 저에게 하늘의 별처럼 밝게 빛나라는 의미로 '별이'라는 태명을 지어주셨죠. 이름인 '우석'은 많은 친구들이 놀리면서 '너 이름 한자는 비 우에 돌 석이냐고 묻는데 '비 우'에 '돌 석'이 아닌 '도울 우'에 '주석 석'입니다. 남을 도우면서 주석처럼 강인한 삶을 살라는 뜻을 가지고 있는데, 친구들은 가끔씩 저를 '비돌'이라고 부르기도 합니다.

4살 때도 부모님은 제가 공부를 잘할 기미가 전혀 보이지 않았다고 합니다. 엄마께서는 4살이 됐는데도, 한글을 읽지도 못해 저를 가르치던 도중, 연필을 땅바닥으로 던지셨다고 합니다. 덕분에 책은 읽을 줄 몰랐던 저는 집에 앉아서 하루 종일 텔레비전에 나오는 애니메이션과 파워레인저만 봤습니다. 그래서인지 그 당시 저는 글씨도 쓸 줄 몰랐지만, 엄마께 도움을 요청해 일기장에 꿈을 파워레인저라

파워레인저가 꿈이었던 순수한 나

고 적었다 합니다. 그때는 악당을 물리치던 파워레인저가 너무 멋있어서 꼭 파워레인저가 되고 싶었던 것 같은데, 다들 파워레인저의 이 멋있는 모습에 반해 파워레인저가 꿈이었던 시절은 한 번쯤 있지 않았나요? 여담으로, 저는 파워레인저 중에서도 항상 중심에 있는 레드가 좋았습니다. 아무래도, 제일 주인공인 것 같았고, 무엇보다도, 가장 강했기 때문에 파워레인저 레드가 되고 싶었습니다.

7살 때는 경찰이 꿈이었습니다. 이제 파워레인저는 실제로 장래 희망이 될 수 없었다는 것을 깨달았던 저는, 어느 날 유치원에서 경찰관 직업체험을 가게 됩니다. 경찰관 직업체험에서, 삼단봉을 펼치는 경찰관 아저씨의 모습과 공기총 사격 훈련을 하시는 경찰관 아저씨의 모습에 반해 경찰관이 되어야겠다고 다짐했습니다. 아직도, 사격 훈련을 하시는 경찰관 아저씨의 모습은 생생하게 기억이 납니다. 그리고, 경찰이 정의를 구현한다는 점이 무엇보다도 저로 하여금 경찰관을 하게 만들었습니다. 이후 경찰관이라는 꿈을 이루기 위해 신체적인 활동을 많이 했습니다. 태권도 학원을 매일 갈 정도로 신체 활동을 많이 했었고, 나중에는 태권도 선수인 경찰이 되어야겠다고 다짐했었습니다.

10살 때는 대통령이 꿈이었습니다. 초등학교 1학년, 2학년, 3학년 모두 다 반장을 했었던 저는 반장이 제 적성에 맞다고 생각하여 나중에 커서도 리더십을 발휘하기 위해 대통령이 되려고 했었습니다. 대통령이 되기 위해서는 어떻게 해야 하는지, 그리고 대통령이 되어서 어떤 정책으로 우리나라를 발전시킬 수 있는지에 대해 생각해 본 경험이 있습니다.

　13살 때는 태어나서 처음으로 상암 월드컵 경기장에 가서 축구 경기를 관람했었던 나이입니다. 열정적이게 땀을 흘리면서 몸싸움을 하는 축구 선수들과 경기장의 달아오른 분위기는 저를 축구 선수가 하고 싶게 만들었습니다. 저도 축구 선수가 되어서 팬들의 열띤 응원을 받고 싶었습니다. 축구 선수가 되기 위해 초등학교에서 매일 축구를 하고, 부모님께 축구화를 사달라고 조르면서, 축구 학원도 다니면서 축구 대회에 나갔었습니다. 하지만 축구 대회에서 같은 나이지만, 저보다 체격이 2배는 커 보이는 무서운 친구들 때문에 축구 선수는 현실적으로 불가능함을 깨달았습니다. 이후 축구 선수는 아니더라도 축구 코치 혹은 감독처럼 제가 축구계에 영향을 미칠 수 있는 직업을 하고 싶었죠. 그때 당시 초등학교에서 '나의 꿈 발표대회'를 주최한 적이 있었습니다. 발표를 준비하면서, 축구 감독이 되기 위해 필요한 축구 감독 자격증에 대해 조사하고, 이 자격증을 언제 취득할 건지에 대한 자세한 계획을 세운 경험이 떠오릅니다. 이때 당시에는 축구와 관련된 직업 중 어느 것을 선택할지 진지하게 고민했었습니다.

　16살은 저에게 있어서 가장 변화가 많았던 나이였습니다. 영재학교 입시를 앞둔 저는 최선을 다해 공부를 했었고, 학교 수업도 집중해서 들었었죠. 하지만 영재학교 합격 이후 저는 학교 시험만 준비하고 학교 수업은 전혀 듣지 않았고, 친구들과 맨날 놀면서 하루하루를 보냈습니다. 이렇게 방탕한 생활로 인해 탈도 많았지만, 저, 자신에 대해 생각할 수 있는 시간이 많았습니다. 영재학교에 합격하기 위해 제가 여태까지 한 노력들, 그리고 앞으로 제가 헤쳐 나가야 할 미래에 대해 말이죠, 진로를 진지하게 생각하던 와중, 대치동의 한 학원에 가게 되었습니다. 부모님께서 둘 다 출근하시던 날이셔서, 학교가 끝나자마자 혼자 버스와 지하철을 타고 대치동에 가게 되었죠, 처음 가본 대치동에는 빽빽하게 있는 건물들, 꽉 막혀 있는 도로, 많은 사람으로 인해 북적북적한 거리. 마치 시골에 살던 사람이 막 상경한 모습처럼 저는 오로지 핸드폰 지도에 의존해 화학 학원을 찾아갔었습니다. 힘들게 도착한 화학 학원에서, 선생님의 강의는 매우 환상적이었습니다. 아마 제 일생에서 제일 집중했던 4시간이 아닐까 하는 생각이 듭니다. 선생님께서 말한 한마디 한마디를 귀 기울이면서, 필기하고 바로 집에 가서 복습하고, 추가적인 내용도 조사해 선생님께 따로 질문했을 정도로 화학에 흥미를 느꼈고, 결국 화학 연구원이 되기로 마음먹었습니다.

현재는 대구과학고등학교(DSHS)의 학생입니다. 학교에 입학하고 나서 시험을 보았는데, 화학 점수는 제가 생각했던 만큼 나오지 않아서 진로를 생명과학으로 바꿀까 생각 중입니다. (물론 그렇다고 해서 생명과학 성적이 좋은 건 절대 아닙니다!!)학교에서 열심히 공부하고, 친구들과 함께 학교생활을 하루하루 행복하게 보내고 있습니다. 시험공부뿐만 아니라 연구 활동, 동아리 활동도 하면서 하루하루를 바쁘게 살아가고 있는 오늘의 제가 먼 미래의 저를 아름답게 만들기를 기원하며 김우석의 미래 이야기를 들려드리겠습니다.

19살

16살에서 동차인 3을 더하면 19살이 됩니다. 19살은 한 사람의 인생에서 공부를 제일 열심히 하는 나이입니다. 왜냐하면 수능이라는, 어른이 되기 위한 관문 중 제일 크고 험난한 과정이 남아 있기 때문이죠. 물론, 수능이 인생의 전부는 아니기 때문에 수능을 보지 않는 사람들도 있을 테고, 별로 중요하게 여기지 않는 사람도 있습니다. 하지만 저는 수능이라는 시험에 한번 도전하고 싶습니다. 다른 또래 친구들은 한번쯤은 다 경험하는데, 저도 같이 경험해서 좋은 성적을 거두고 싶습니다.

22살

22살은 아마 '이등병의 편지'를 들으면서 나라를 위해 군 복무를 하고 있을 것 같습니다. 저는 대학교 1학년을 마치거나, 2학년을 마치고 국방의 의무를 다할 예정인데요, 그래서 22살에는 상병 아니면 전역을 앞둔 병장이 되어 있겠죠. 저는 부모님께서 신체를 건강하게 물려주셔서, 공익이나 방위 산업체를 가지 않고 현역으로 군 복무를 수행하고 싶습니다. 안전하게 군 복무를 마치고 전역하기를 바랍니다.

원고를 쓰느라 바쁜 나의 모습

(좌)본인 (우)민서, 절친이다.

커지는 꿈들 속
더해지는 이야기

감채령

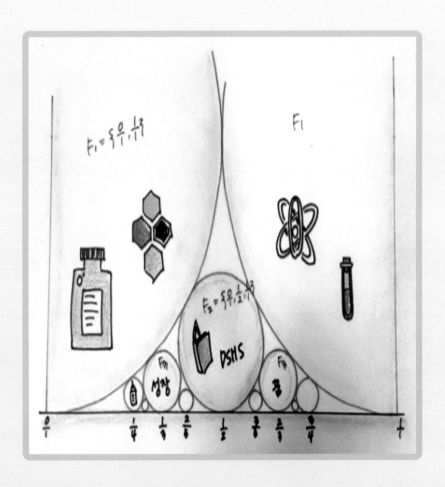

나의 꿈 수열

✽ 페리수열이란?

페리수열은 0과 1, 그리고 그 사이에 있는 분모가 어떤 자연수 n을 넘지 않는 기약진분수를 오름차순으로 나타낸 수열을 말합니다. 이를 다시 설명하자면, 다음과 같다고 할 수 있습니다.

F_n : $0 \leq h \leq k \leq n$ 이고 $\gcd(h, k) = 1$을 만족하는 $\dfrac{h}{k}$ 를 오름차순으로 나열한 수열

페리수열의 특징으로는 F_n의 k번째 원소를 a_k라 할 때, a_k의 분모는 $a_{k-1} = a_{k+1}$ 와 F_n의 분모의 합이며 분자 또한 이

와 같은 규칙이 적용된다는 점입니다.

페리수열의 F_1, F_2, F_3, F_4는 다음과 같습니다.

$$F_1 = \left\{ \frac{0}{1}, \frac{1}{1} \right\}$$

$$F_2 = \left\{ \frac{0}{1}, \frac{1}{2}, \frac{1}{1} \right\}$$

$$F_3 = \left\{ \frac{0}{1}, \frac{1}{3}, \frac{1}{2}, \frac{2}{3}, \frac{1}{1} \right\}$$

$$F_4 = \left\{ \frac{0}{1}, \frac{1}{4}, \frac{1}{3}, \frac{1}{2}, \frac{2}{3}, \frac{3}{4}, \frac{1}{1} \right\}$$

나의 꿈 수열 해법

혹시 앞에 그림의 원들을 보신 적이 있으신가요? 이는 페리 수열을 기반으로 그린 '포드의 원'입니다. 여기서 페리 수열은 바보셈을 통해 이루어진 수열의 집합이라고 할 수 있습니다. 그렇다면 바보셈에 대해서 설명해 볼까요? 처음 분수의 덧셈을 더 했을 때, 초등학생 저학년일 때의 누군가는 분모는 분모끼리, 분자는 분자끼리 더하는 계산법을 해보신 적이 있으리라 생각합니다. 물론 지금은 그것이 틀렸다는 것을 아실 것입니다. 하지만 이러한 수학적 오류, 혹 실수를 통해 새로운 수열이 만들어졌습니다. 그리고 이를 도식화한 것이 포드의

원입니다. 페리 수열의 원소인 분수 $\frac{p}{q}$에 대해 중심은 ($\frac{p}{q}$, $\frac{1}{2q^2}$)

이며 반지름은 $\dfrac{1}{2q^2}$ 인 원을 모든 원소에 대하여 반복하여 그리면

위에 그려진 원들이 접하고 접하는 그림을 그릴 수 있습니다.

포드의 원은 더하고 더하는, 페리 수열을 기반으로 그려졌다고 앞서 언급하였습니다. 이처럼 저의 인생 속 모든 사건은 더하고 더해지는, 연쇄적인 사건들로 이루어졌다고 할 수 있습니다. 그렇지만 표현의 용이성을 위해 역으로, 이전의 수열에서 추가되는 원소를 기준으로 보겠습니다. 그렇다면 그림 속에 담긴 저의 이야기를 풀어보도록 하겠습니다.

$$\blacktriangleright F_4 = \left\{\frac{0}{1}, \frac{1}{4}, \frac{1}{3}, \frac{1}{2}, \frac{2}{3}, \frac{3}{4}, \frac{1}{1}\right\} : 젖병$$

그림 속에서는 젖병이 보이네요. 제가 어릴 때의 시절입니다. 의 시절에는 특별한 꿈을 꾼다기보다, 세상에 대하여 배우며 인지능력을 가지는 시절이었다 정도로 요약할 수 있을 것 같습니다.

멕시코에 살던 시절, 유치원생일 때의 사진

$$\blacktriangleright F_3 = \left\{ \frac{0}{1}, \frac{1}{3}, \frac{1}{2}, \frac{2}{3}, \frac{1}{1} \right\} : 성장, 꿈$$

 이는 초등학생 시절부터 중학생 시절을 이야기할 수 있을 것 같습니다. 저는 초등학생 시절, 성장을 하였으며 중학생 시절 꿈을 꾸었다고 할 수 있을 것 같습니다.

 초등학생 시절, 저는 화가, 피아니스트, 작가의 꿈을 주로 꾸었다고 할 수 있을 것 같습니다. 초등학교 저학년 시절에는 이 세 가지 꿈을 모두 이룰 계획을 세웠습니다. 하지만 일이 년 지나면서 이는 불가능하다는 것을 깨닫고 제 기준에서는 기발한 해결책인 '더하는' 방법에 대해서 생각했습니다. 바로 화가(구체화해서 시각디자이너)의 직업을 가지며 작가와 피아니스트의 취미를 가지는 것이었습니다. 어린 저에게 있어서 이는 최고의 선택지였으며 미래의 꿈을 계획한 방식이었습니다.

 누군가가 본다면 이는 대책 없는 꿈들일 수도 있었습니다. 하지만

저에게는 초등학생의 순수한 열정으로 가진 꿈들이었습니다. 이는 저의 다양한 꿈들을 가질 수 있는, 다양하게 생각해 볼 수 있는, 성장의 발판이 되어주었습니다.

▶ $F_2 = \left\{ \dfrac{0}{1}, \dfrac{1}{2}, \dfrac{1}{1} \right\}$: DSHS

속 저의 성장과 꿈이 '더해진' 결과물은 DSHS이라고 할 수 있을 것 같습니다. 미래 과학자의 꿈을 이루기 위해 저는 수학과 과학에 대해 공부를 하였고, 그 결과 대구과학고등학교에 합격할 수 있었던 것 같습니다.

현재까지는 그저 두리뭉실하게 수학과 과학이 좋다 수준에 그치던 저의 공부 성향은 지금 시기에 새롭게 잡혀가고 있습니다. 지금까지 잘하지 못하여 입 밖으로 말하지 못하였던, 생물을 좋아한다고 말하고 있습니다. 또한 지금까지 관심이 없고 못 하였던 물리에 관심을 가지고 나름 잘하게 되었습니다. 그뿐만이 아니라 학업적인 분야 외에서도 지난 일 년간 참여하였던 대회, 연구를 통해 많은 것을 배울 수 있었죠.

다시 말하자면, 현재 저는 꿈으로 향하는 갈림길 속에서 그 방향을 잡을 수 있는 곳에 있으며, 학교에서는 이러한 다양한 길에 대하여 접하고 선택하는 방법에 대하여 알아가고 있는 것입니다.

▶ $F_1 = \left\{ \dfrac{0}{1}, \dfrac{1}{1} \right\}$: 실험 및 연구, 그리고 꿈

저의 진로가 아직은 불명확한 상태입니다. 하고 싶은 것도 많지만,

정말로 무엇을 하고 싶은 것이 무엇인지 모르겠다는 느낌을 항상 가지고 있습니다. 현재 저의 꿈인 유전공학연구원이 언제 무엇으로 바뀔지는 모르는 것인 거죠. 지금, 이 순간에도, 생물이 아닌 물리와 관련된 꿈을 가지고 싶다는 생각이 늘어나고 있기도 합니다, 즉, 이러한 많은 선택지의 꿈들은 에서 '더해져' 최종적으로 미래의 내가 진짜로 이룰 꿈을 에서 이룰 계획입니다.

페리 수열의 바보셈은 틀린 계산법이기 때문에 그냥 지나쳐도 되는, 그러한 학문적 일부였습니다. 하지만 어떤 수학자들은 이를 다른 방법으로 생각해 보았습니다. 우리의 삶 속에도 그러한 부분이 있을 것입니다. 다른 사람들과는 다른, 그래서 틀렸다고 인식되는 부분 말이죠. 하지만 이를 다르게 생각해 보며 발전해나가는 것이 우리가 우리의 인생을 대하는 태도가 되어야 하며, 그것이 우리가 살아가야 할 방법 아닐까요?

▶ 미래

F_1에서 이룰 꿈과 연관 지어 다시 생각해보자면, 과학자로서의 꿈을 키워가고 있는 저는 과학, 연구 및 논리적 분야에 대해 다루며 공부할 것입니다. 어떠한 분야 혹은 연구 쪽에서 일을 할지는 확실히 정해진 것은 아니지만 확실한 것은 다음과 같을 것입니다. 인류를 위한 윤리적이며 발전지향적인 연구를 진행할 것. 이를 항상 기억하며 살아가야 할 중요성은 이러한 수열과 같은 삶에서의 규칙과 같지 않을까요?

점근선에 한발짝씩
다가가는 나

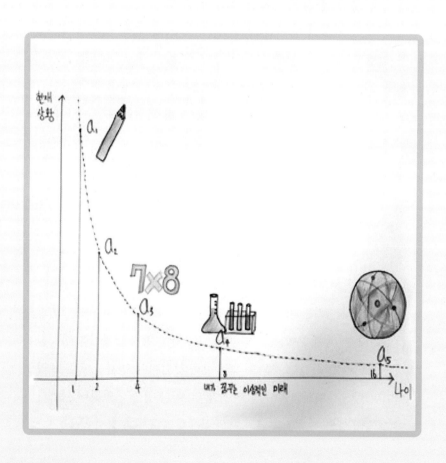

나의 꿈 수열

$$1 \rightarrow 1/2 \rightarrow 1/4 \rightarrow 1/8 \rightarrow 1/16 \rightarrow \cdots$$

$$a_n = \frac{1}{2^{n-1}}$$

등비수열로 나의 꿈에 다가가는 모습을 그렸다.

나의 꿈 수열 해법

앞의 그림은 제가 태어나서부터 지금까지의 시간을 등비수열을 이용해 나타내본 그림입니다. 우선 각 수열은 $y=1/x$의 그래프 위의 점들의 y좌표로 나타내었고, 그 항에 해당하는 점의 x좌표는 저의 나이입니다. 즉, 예를 들어 3번째 항 같은 경우, x좌표가 4이므로 4살 때의 저의 상황을 나타낸 것이고 y좌표는 1/4이므로 3번째 항의 값도 1/4가 되겠지요. 이제 그럼 각 항의 값이 의미하는 것은 무엇일까요? 저는 각 항의 값을 그 당시의 제 모습이 제 꿈에 얼마만큼 다가갔는 지를 하나의 수치로 표현해 보려고 하였습니다. 값이 0에 가까울수록 저의 꿈에 다가간다고 하였을 때, 시간이 지남에 따라, 나이가 늘어남에 따라 제 꿈에 가까이 다가가는 저의 모습을 표현한 것입니다.

첫 항인 **1살 때**는 저도 정확히 어떤 사건들이 있었는지 기억이 나지 않아 제가 돌잡이 때 잡은 물건인 연필을 그려보았습니다. (저도 저 때 제가 왜 연필을 잡았는지는 의문이네요) 부모님은 제가 태어났을 때 무엇이 되었으면 좋겠다는 생각보다는 그냥 제가 건강하고 아무 일 없이 잘 지냈으면 좋겠다는 생각이 많았다고 합니다. 제가 크다 보면 좋아하는 일이 생길 것이고 좋아하는 일을 할 수 있도록 도와주시려는 마음이 컸던 것 같습니다.

2살 때는 제가 할머니 집에 있었습니다. 어린 나이부터 할머니 집에서 지내게 되었고, 그러한 과정에서 할머니, 할아버지와 어릴 때부터 친해질 수 있었습니다. 할머니 집에 있었을 때는 할머니, 할아버지께서 그냥 제가 하고 싶어 하는 것들을 마음껏 체험하게 해주셨습니다. 해보고 싶었던 것들, 먹고 싶었던 것들, 보고 싶었던 것들 등 대부분의 부분에서 제가 최대한 많은 것들을 보고 경험할 수 있게 도와주셨던 것이죠. 저는 이러한 과정들도 제가 꿈에 한 발짝 다가갈 수 있게 도와준 한 요소 중 하나라고 생각하고 지금도 되게 소중하게 생각하고 있는 시간들입니다. 여기서 잠깐 질문을 해볼게요. 여러분들은 여러분들의 꿈을 이루기 위해서는 어떤 부분들이 중요하다고 생각하시나요? 물론 대부분의 꿈이나 직업들이 공부를 가장 우선시하는 것은 맞지만 공부에만 너무 몰두해 옆의 나머지 것들을 그냥 지나치는 것은 해가 되면 해가 됐지, 절대로 도움은 되지 않는다고 저는 생각합니다. 무작정 공부만 하는 것이 아니라 때로는, 다른 것들에도 흥미를 가지고 바라보는 것도 공부 못지않게 중요하다고 생각합니다. 그런 의미에서 저는 제가 2살 때 할머니 집에 있으면서 제가 하고 싶었던 것들을 마음껏 했던 시간들을 되게 소중하게 간직하고 있습니다.

4살 때부터 제가 수학에 흥미를 가지게 되었다고 부모님께 말씀을 들은 적이 있었습니다. 저도 정확히 기억은 나지 않지만, 부모님 말씀에 의하면 4살 때 누나 공부하라고 붙여놓은 구구단을 앉은 자리에서 다 외웠다고 하네요. 그때부터 아마 제가 수학, 그러니까 수에 대

유치원 때의 나

해 관심을 가지게 된 것 같습니다. 수에 대해 관심을 가지게 된 에피소드가 하나 더 있었는데요. 가족 다 같이 차를 타고 지나가던 중 부모님께서 창문 넘어 보이는 아파트 동 이름을 어떻게 읽는지 알려주셨던 적이 있었습니다. 그러니까 세 자릿수를 어떻게 읽는지 처음 알

려주셨던 것이죠. 그 말씀을 해주시고 바로 다음으로 보이는 아파트의 동수를 제가 직접 말했다고 합니다. 쉽게 말하면 세 자릿수를 어떻게 읽는지 처음 알고 나서 바로 다른 세 자릿수들도 읽었던 것이죠.

그렇게 영유아기를 지나 초등학교에 입학하게 된 8살이 바로 위수열의 3번째 항입니다. 아마 초등학교 남학생들이라면 대부분 이 꿈을 가지고 있다고 수업 시간에 적어냈을 텐데요, 저도 초등학교 저학년 때는 아무 생각없이 과학자라는 꿈을 가지고 있었습니다. 물론 과학에 관심도 많았기 때문에 생각해놓은 꿈이긴 하지만 지금 생각해 보니 꿈을 적어내는 시간마다 아무 생각 없이 과학자라고 적었던 것 같습니다.초등학교 시절을 과학자라는 꿈과 함께 지내고 중학교에 입꿈에 한발짝 다가가다다학하고 나서야 수학과 관련된 꿈을 가지게 되었습니다. 워낙 수학을 좋아하기도 하였고, 미래에 수학이 적용되고 이용되는 다양한 직업들이 등장하고 각광받을 거라는 말들을 책, 뉴스, 그리고 주변에서 많이 들었기에 제 능력을 조금이나마 더 발휘하면서 사회에는 도움이 될 수 있는 수학과 관련된 직업을 가지게 되었습니다.

이러한 꿈을 가지고 있었을 때쯤, 제 꿈에 한 발짝 더 다가설 수 있게 도와줄 수 있는 영재학교를 알게 되었고, 이에 지원해 보게 되었습니다. 솔직히 말해서 영재학교 지원을 따로 준비한 것이 아니라 그냥 제가 좋아하는 수학이나 물리, 다른 과학 과목들을 스스로 선행학습하고 KMO나 물리 올림피아드, 화학 올림피아드 등 여러 경시대회들을 나가 입상하는 것이 좋았고 스스로에게 뿌듯하기도 하여서 이런 공부들을 계속하다가 영재학교를 우연히 알게 된 것이었습니다. 일반 고등학교와는 다른 교육과정을 운영하고 있는 영재학교가 제 꿈을 이루는 데 도움이 될 것 같아 지원하게 되었고 운 좋게 합격하게 된 것이죠.

지금 영재학교에 입학하고 나서 보니 그 당시 영재학교 입학을 집중적으로 대비해서 입학하게 된 것이 아니어서 오는 불리한 면들도 되게 많은 것 같습니다. 다른 친구들이나 형, 누나들은 영재학교 대비 수업을 통해 제가 공부하지 않았던 과목들도 다들 준비해왔기에 그런 부분들을 따라가기가 상대적으로 어려웠던 부분들도 없지 않아 있었던 것 같습니다.

그렇게 지금 수열의 4번째 항인 16살 때, 대구과학고등학교에 입학하게 되었고, 저의 꿈을 향해 나아가고 있습니다. 기숙학교 생활을 하면서 저뿐만 아니라 다른 동기들도 그렇겠지만, 정말 힘들고 주저앉고 싶을 때도 많이 찾아왔습니다.

하지만 동기들끼리 서로 의지하고 힘이 되어주면서, 그런 어려움들을 극복해 나갈 수 있었던 것 같습니다. 얼마 전 제 인생에서 처음으로 번아웃 현상을 경험하게 되었는데요. 여기서 번아웃 현상이란 한 가지 일에 지나치게 몰두하던 사람이 극도의 신체적, 정신적 피로로 무기력증, 자기혐오 등에 빠지는 증후군을 말합니다.

1학기 시험을 치고 나온 성적은 저에게 완전히 만족할 수 있는 것이 아니었기에 2학기 중간고사를 상대적으로 다른 시험들보다 많이 열심히 준비하였습니다. 그렇게 열심히 친 시험이 끝나자 열심히 공부한 과목들이 상대적으로 성적이 잘 안 나오기도 하고, 막상 이제는 뭘 해야 할지도 모르겠는데, 옆의 친구들이나 형, 누나들은 공부를 하고 있는 모습을 보니 스스로 되게 무기력해졌던 것 같습니다.

처음 경험하는 '번아웃' 증후군이어서 혼자서 되게 힘들었는데, 옆의 친한 누나의 도움으로 별문제 없이 이겨낼 수 있던 것 같습니다. 옆에서 제 얘기를 들어주고, 진심으로 걱정해 주는 모습들 덕분에 지금은 다시 열심히 학교생활을 하고 있습니다.

이렇게 힘들 때마다 힘내서 계속 저의 꿈을 향해 달려가는 궁극적인 이유는 아래에서 설명할 '점근선'과 관련이 있습니다. 그림의 점근선인 x축을 저는 제가 바라는 이상적인 미래의 모습으로 표현하였고, 그래프가 점점 x축에 가까워지는 형태로 수열을 지정하여 점차 저의 꿈에 다가가는 저의 모습을 나타내었습니다. 이 점근선에 다가가려는 목표가 있었기에, 힘든 일이 있더라도 포기하지 않고 계속해서 나아갈 수 있었던 것 같습니다.

많은 시간이 지나고 저 그래프가 x축과 정말 닿을 것 같이 가까워지는 순간을 위해 지금도 열심히 학교생활을 하고 있습니다. 우선 제 꿈을 이루기 위해서 가장 우선시되어야 하는 것은 공부이기에, 최대한 성적을 잘 받으려고 가장 노력하고 있는 것 같습니다. 저는 복습을 되게 중요하고 생각하기 때문에 그날 수업한 내용들은 그날 자습 시간에 최대한 복습해서 제 것으로 만들려고 노력하는 편입니다. 가끔씩 수행평가나 다른 이유 때문에 다 못 끝내면 조금씩 불안해지기도 합니다.

하지만 공부만 하는 것이 제 꿈을 이루는데 절대 좋은 방법이 아니라는 것을 알고 있기에, 공부 외에도 운동이라든지, 독서 등 다양한 여가활동도 최대한 즐기려고 합니다. 쉬는 시간이나 잠시 비는 시간에 단순히 게임을 하는 것보다 최대한 생산적인 활동을 하고 싶다는 생각을 언제부턴가 하게 되어, 쉬는 시간에 핸드폰만 보는 것이 아니라, 간단히 산책한다든가, 농구를 한다든가, 아니면 그날 읽고 싶은 책을 읽는 등 최대한 불필요하게 시간을 낭비하려고 하지 않는 것 같습니다. 이렇게 그날 공부한 것을 그날 복습하고, 쉬는 시간에는 독서나 운동 등을 하면서 하루하루를 보내면, 정말 저도 모르게 시간이 정말 빨리 지나가 어느새 하루, 아니 일주일이 지나가기도 합니다. 가끔 대구과학고등학교에서 똑같은 패턴으로 하루하루를 살아가는 것이 되게 힘들게 느껴질 때도 있지만, 최대한 긍정적으로 생각하려고 하는 편이기에 매일 제 생활 패턴을 벗어나지 않고 꾸준히 하루하루를 살아가는 것을 뿌듯하게 생각하기도 합니다. 하지만 이렇게 생활하면서 제가 꼭 바꾸고 싶은 나쁜 습관이 하나 있습니다. 바로 아침을 거르는 것인데요. 기숙사 생활을 하기 전부터 아침을 안 먹는 것이 습관이 되었습니다. 저는 괜히 일어나자마자 빈속에 아침을 먹으면 그날 배가 아프기 때문에, 항상 아침을 거르곤 했는데요, 이 습관이 아직도 계속되고 있습니다. 아침을 거르면 안 좋다는 얘기를 주변과 인터넷에서 너무 많이 봐서 저도 계속 아침을 먹어야지 먹어야지 하면서도 막상 실천하지를 못하고 있습니다. 이렇게 사소한 습관 하나를 고치는 것도 제가 바라는 꿈에 다가가기 위한 한 발걸음을 떼는 것으로 생각하면서 하루하루를 열심히 살아가고 있습니다.

현재의 16살을 지나 6번째 항인 32살이 되는 해에는 제가 바라는

책 원고에 들어가는 그림을 그림

이상적인 목표에 2배 더 가까워지 겠네요. 아마 저때에도 여전히 공부와 연을 이어갈 것 같긴 한데, 정확한 꿈을 정한게 아니라서 그 때 무엇을 하고 있을지는 확정지을 수 없을 것 같네요. 지금의 관점에서 미래를 바라보는 것과 미래가 실제로 왔을 때의 모습은 분명히 다른 점이 존재할 것입니다. 미래의 나는 현재와는 다른 가치관을 가지고 있을 수도 있고, 흥미 분야도 달라질 수 있는 등 정말 많은 변수들이 존재하지만 확실한건, 그 목표가 바뀐다 하더라도 제가 바라는 이상적인 목표에는 지금보다 한 발짝 더 가까워질 것이라는 것입니다. 16년 후인 32살이 되었을 때면 제가 공부하고 있을 분야(아마 여전히 수학일 것 같긴 한데…)에 대해 지금보다 훨씬 더 많은 지식들을 가지고 있을 것이고 새로운 무언가에 도전할 수 있는 기회도 훨씬 많을 것입니다. 그렇기에 지금 16년 후를 바라보면 마냥 설레고, 기대되지만 제가 생각하는 그런 미래가 오기 위해서는 지금 현재의 삶에 매 순간 최선을 다해야겠지요…? 앞으로 저에게 밝고 희망찬 미래가 다가오기 위해서 오늘도 저는 최선을 다해서 꿈을 향해 달려갈 것입니다.

무궁무진한 나의 꿈

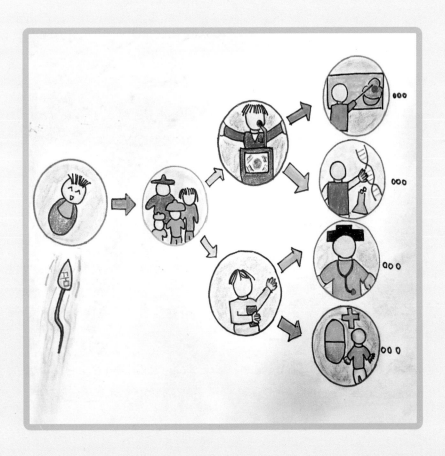

나의 꿈 수열

동그란 모양의 세포의 개수를 차례대로 관찰해 보면
1, 2, 4 … 와 같이 나타나는 것을 보실 수 있는데요.
이는 초항이 1이고, 공비가 2인 등비수열입니다.

일정 시간이 지나면 2배가 되고, 4배가 되고, 다시
8배가 되는 것. 어디서 많이 들어보지 않으셨나요?

대장균이 20분에 한 번씩 이분법으로 분열하듯이,
저는 인간의 세포분열을 표현했습니다. 특히 정자와 난자
가 수정되어 수정란이 생기고 초기 난할이 만들어질 때의 모
습입니다.

그렇다면 세포 안에 들어가 있는 것은 무엇일까요?

첫 번째 세포는 가장 소중한 생명인 아기가 저의 모습으로

태어난 순간입니다.

두 번째 세포는 제게 아직 정확한 꿈이 없을 때, 한 가족의 장남으로서 살아갔던 모습을 나타냈습니다. 어떨 때는 동생에게 양보하는 형이 되는 것이 꿈일 때도 있었고, 어떨 때는 동생보다 맛있는 초콜릿을 많이 먹는 것이 꿈일 때도 있었지요.

초등학생 때는 대통령이 되거나, 변호사가 되는 것이 꿈이었지요. 사람들 앞에서 자신의 의견을 표현하는 모습이 정말 멋져 보였어요. 초등학교 때는 정말 큰 포부를 가지고 있었죠.

중학생이 되고 고등학생이 되면서, 생물을 좋아하게 되었습니다. 생물학 교수가 되거나, 유전학자, 의사, 약사가 꿈이 되었습니다. 미래에는 어떤 꿈을 가질지, 어떤 삶을 살아갈지 정말 기대가 됩니다. 등비수열의 시간이 조금만 더 지나도 무궁무진하게 많은 꿈이 생겨날 테니까요.

나의 꿈 수열 해법

퀴즈: A는 누구일까요?

앞쪽에서 세찬 물결이 A를 덮쳐옵니다. 아무리 애써도, 돌아보면 겨우 한 발자국 나아갔지요. 그사이 같이 있던 친구들은 먼저 앞으로 가 버립니다. 하지만 A는 절대 포기할 수가 없습니다. 그들을 이기지 못하면, A는 사라져버리기 때문이죠. 그래서 A는, 욱신거리는 꼬리를 힘겹게 흔들며, 다시 한번 앞을 향해 나아갑니다. 난자에 도달하기 위해서 말이죠.

A는 누구일까요? 아마 옆의 그림을 보고 짐작하셨을 것 같은데요. 바로 정자입니다. 수많은 정자가 난자를 만나기 위해 앞으로 달려가지만, 오로지 하나만이 도달할 수 있지요. (때에 따라서는 2개가 될 수도 있겠네요.)

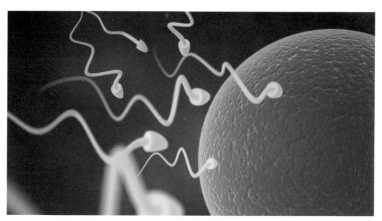

정자가 수정하는 모습

저는 이러한 정자의 모습을 보고, 마치 지금의 제 모습과 참 닮았다고 생각했습니다. 조금 전의 문제를 다시 써보자면,

오늘도 수많은 숙제의 물결이 유성이를 덮쳐옵니다. 아무리 애써도, 겨우 프린트 한 장 풀었네요. 그 사이 학원 친구는 벌써 다음 단원을 선행하고 있습니다. 하지만 유성이는 절대 포기할 수가 없습니다. 그

들을 이기지 못하면, 좋은 대학을 못 갈 것이고, 부모님이 실망하실 것이기 때문입니다. 그래서 유성이는 욱신거리는 코를 붙잡고 코피를 막으며, 다시 한번 책상에 앉습니다. 꿈을 이루기 위해서 말이죠.

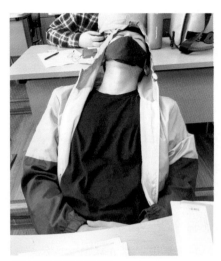

공부하다 쓰러진 유성이

여러분 모두 꿈을 향해 달려가고 있나요? 아직 꿈을 정하지 못한 친구도 있을 것이고, 벌써 꿈을 이루신 분들도 있을 것이고, 꿈에 달려가다 지쳐 쓰러진 분들도 계실 것 같아요. 그래서 오늘은 저의 꿈 이야기를 들려주고자 합니다. 아직 저도 막연하게 꿈을 꾸고 있고 나이가 들수록 계속 꿈이 바뀌지만, 여러분과 공감할 부분이 있을 거라 기대하고 이야기를 시작해 보겠습니다.

앞에 그림은 세포분열을 모식화해서 나타낸 것입니다. 난자와 정자가 만나 수정란이 되고, 분열을 통해 다세포 생물로 발전해 갑니다. 이를 '난할'이라고 하는데요. 실제로 난할에서는 분열이 거듭될

수록 세포 하나하나의 크기가 작아지는데요. 작아지면 그림이 잘 보이지 않을 것 같아서 세포의 크기는 동일하게 표현했습니다. 이런 점에서는 체세포분열과 비슷하게 보이기도 하네요. 세포분열을 하면 처음 하나의 세포는 2개가 되고, 4개, 8개, 16개…가 됩니다. 초항이 1이고 공비가 2인 등비수열이군요!! 그럼 이제부터 그림을 찬찬히 살펴보도록 하겠습니다.

저의 아버지와 어머니는 제가 이 세상에 태어나 꿈을 가질 수 있는 존재로 만들어 주셨습니다. 아기였던 제가 자라서 유치원생이 되고, 가장 처음 가진 꿈은 좋은 형이 되는 것이었습니다. 3살 어린 동생을 잘 보살펴주는 형이 되고자 마음먹었지요. 초등학생이 되고 선생님께서 장래 희망을 적어내라고 했을 때, 저는 당당하게 대통령을 적어냈습니다. 누구나 한 번쯤은 꿈꿔 보았을, 그때 그 시절 세상 물정 모르던 시기에 자신감 있게, 당차게 적은 꿈이었죠. 초등학교 3학년 때는 〈변호인〉이라는 영화를 보고, 변호사의 꿈을 꾸었습니다. 논리적으로 자신의 주장을 떳떳하게 펼치고, 궁지에 몰린 사람들을 위해 정의롭게 사는 모습이 정말 멋있었습니다.

중학교에 들어오면서, 이제는 더 현실적으로 꿈을 잡기 시작했죠. 가르치는 일이 좋아서 초등학교 교사나 수학 교수의 꿈을 꾸기도 했습니다. 중학교 3학년에서 고등학교로 넘어가는 시점에서, 제가 정말로 좋아하는 것을 찾을 수 있었는데, 바로 생명과학이었습니다. DNA 구조를 공부하면서 체계적이고 효율적인 생물의 세계에 푹 빠지게 되었고, 생명과학의 아름다움을 느끼게 되었습니다.

그래서 제가 꾼 꿈이 위에서부터 차례대로 생명과학 교수, 생명과학 연구원, 의사, 그리고 약사입니다. 하지만 영재고에 오면서 의사와 약사의 꿈은 접어두게 되었고, 지금 가장 되고 싶은 직업은 생명과학 교수입니다. 제가 좋아하는 생물을 학생들에게 재미있고, 친근하게 가르치고 싶습니다.

꿈을 이루기 위해, 생물책을 열심히 보고 다른 과목의 공부도 열심히 하고 있습니다. 생물 관련 캠프나 아카데미가 열리면 참가하고, 생물 올림피아드 과정에도 참여하고 있지요.

생물을 공부하면서 복잡한 순서로 쓰인 책을 읽고 이해하는 것이 어렵고 대부분 시간이 오래 걸렸습니다. 생물을 좋아하는 사람이지만 몇 번씩 긴 글을 읽을 때면 지루해질 때가 있었지요. 제가 생명과학 분야의 교수가 되면, 학생들이 이해하기 쉽도록 단계별로 쓴 생물학 책을 한 권 출판해 보고 싶습니다.

여러분이 어떤 분야를 공부하고 어떤 분야의 장래 희망을 가지든 간에, 예상보다 정말 힘들지도 모릅니다. 어쩌면 힘든 것이 당연하게 여겨질지도 모르죠. 그러나 그럴 때마다, 여러분이 처음 그 꿈을 가졌을 때, 그 열망을 떠올리면 조금이나마 힘을 더 얻을 수 있을 것입니다.

힘들고 지쳐서 쓰러지고 싶을 때, 이제는 주저앉고 싶을 때 나의 꿈을 위해 힘써주시는 주변의 사람들을 바라보세요. 그리고 다시 나 자신에게 이제껏 잘했다고, 앞으로도 잘하자고 따뜻하게 안아주세요.

미래에 나는,
세포분열이 n회 시행되어 2의 n제곱 가지의 꿈이 생겼을 때. 어른이 된 저는 더욱 다양하고 무제한의 꿈을 가지게 되었고 노벨 생리의

학상을 수상한 위대한 생명공학자가 되어 있습니다. "생체에 적합하고 효율성이 극대화된 생명 공학적 기술을 개발하여 생물학적 약자들을 보호하고 그들의 세로토닌 분비를 촉진하는 것"을 인생의 가치관으로 삼은 저는, 무릎이 아픈 사람들을 위해 연골 재생에 효과적인 생체 적합성이 높은 소재를 개발하였습니다. 생물학 분야의 권위자가 된 저에게 융합적이고 혁신적인 연구를 할 수 있는 충분한 지식과 기회가 주어졌고, 이를 사회적인 공헌을 위해 힘쓰기로 하였습니다.

소소한 꿈에서 시작된 나의 꿈은 시간이 지날수록, 내가 성장해갈수록 더욱 다양해지고 풍요로워졌습니다. 내가 가질 나의 꿈은 무한정 많기에, 지금의 나와 여러분은 상상할 수 있는 모든 꿈을 가질 수 있으며, 모든 꿈을 실현할 수 있는 잠재력을 지니고 있습니다. 포기하지 않는 불굴의 의지와 뚜렷한 나의 비전이 있다면 여러분이 추구하는 꿈을 모두 이룰 수 있을 것입니다! 힘내요!

점점 커지는 꿈

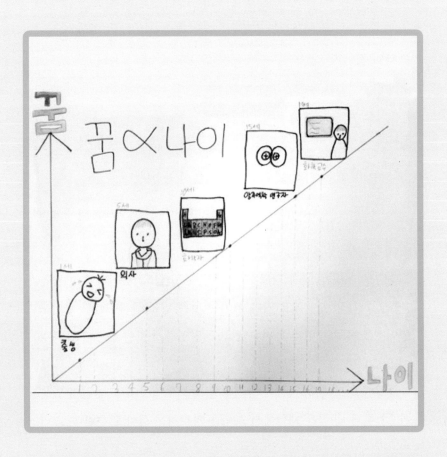

나의 꿈 수열

수열 a_n = kn

※ 수열 $\{a_n\}$의 값은 항의 크기에 비례한다.

나의 꿈 수열 해법

수열로 어떻게 꿈에 다가갈까요? 우선 수열도 종류가 엄청 많은데, 그중 가장 유명하고 많이 쓰이는 것은 단연 등차수열과 등비수열이겠죠. 등차수열과 등비수열 모두 일정하게 값이 변한다는 특징이 있습니다.

그렇다면 도대체 내 꿈과 등차수열, 등비수열이 무슨 관련이 있을까요? 현재 내 꿈은 대학에서 화학을 가르치는 화학 교수인데, 그러나 처음부터 이랬던 것은 아니었습니다. 어렸을 때는 꿈이 계속 바뀌는 것에서 알 수 있듯이(저도 축구선수나 대통령이 되고 싶었던 적이 있었어요.) 꿈이란 것이 그저 각자의 상상일 뿐입니다. 커 가면서 그 막연한 꿈이 더 구체화되고, 살이 붙으면서 그것이 자신의 인생이 되는 것입니다. 그래서 저는 나이가 점점 늘어갈수록 꿈이 점점 커지고 구체화되는 것을 수열에 빗대어 표현했습니다.

첫 번째 항

2004년 12월 17일 오전 7시, 경기도의 한 병원에서 한 남자아이가 태어났습니다. 처음 태어났을 때를 수열로 표현하면, 초항이 0이라고 할 수 있겠죠. 다르게 말하면 무궁무진한 가능성이 있다는 뜻입니다. 이 수열을 어떻게 만들지는 각자 하기에 달려 있습니다. 누구나 자신의 초항은 0입니다. 그 사람이 어떻게 하는지에 따라서 공차와 항의 개수가 주어지고, 이를 통해 자신의 마지막 항이 결정된다고 생각합니다.

두 번째 항

나의 꿈이란 수열에서 두 번째 항은 의사였습니다. 물론 저 나이 때는 축구선수 같은 꿈도 있었지만, 축구선수는 다른 친구들의 꿈이 전부 축구선수여서 그것에 이끌리게 된 것일 뿐이고, 제 스스로 축구선수가 하고 싶었던 것은 아니었습니다. '의사'란 꿈은 유일하게 다른 친구들을 따라서 정한 것이 아닌 내 스스로 정한 꿈이었습니다. 5살 때 쯤, 어디서 슈바이처 이야기를 주워들었는데 그게 너무 멋져서 슈

바이처를 롤모델로 삼고 의사가 되고 싶다고 생각한 기억이 납니다.

세 번째 항

'화학'이라는 구체적인 진로 방향을 설정하고, 내 꿈을 위해서 공부하기 시작했습니다. 위에서도 이야기했지만, 10살 무렵의 나는 밥 먹으면서도, 자면서도 화학만 생각하는 '화학 덕후'의 삶을 살고 있었고, 이 재미있는 화학을 하루 종일 공부할 수 있는 화학자가 꿈이었습니다. 이때부터 제 꿈은 쭈욱 화학자였습니다. 어떻게 보면 제가 영재고에 들어온 가장 큰 이유도 과학을 좋아하기 때문인데, 10살 때의 경험이 제 인생에 매우 큰 영향을 끼친 것 같습니다.

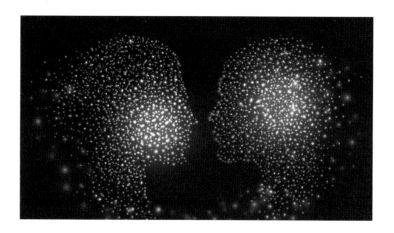

네 번째 항

꿈이 어렸을 때보다 더 구체화되었습니다. 그냥 화학 자체가 좋았던 어린 시절은 갔고, 화학의 수많은 분야 중에서 '양자역학'이라는 분야에 관심을 가지게 되었습니다. 그래서 꿈은 '양자역학 연구자'

가 되었습니다. 제가 양자역학에 관심을 가지게 된 이유는 양자역학의 세계에서는 일상생활에서는 절대 일어날 수 없는 일이 현실이 되기 때문입니다! 어떤 일이냐고요? 예를 하나 들어보겠습니다. 양자 얽힘이라는 말 들어보셨나요? 양자 얽힘 관계에 있는 두 입자는 아무리 멀리 떨어져 있어도 서로 상호작용할 수 있습니다(아인슈타인이 양자역학이 틀렸다고 생각한 이유 중 하나이기도 하죠.). 거기다 양자 역학은 최근에 만들어진 학문이어서 아직 연구되지 않은 것도 많습니다. 저는 그래서 아직 연구되지 않은 양자역학의 비밀들을 모두 파헤쳐보고 싶습니다.

다섯 번째 항(현재)

다섯 번째 항은 제 현재입니다. 제 꿈과 관련된 분야는 여전히 양자역학이지만 다른 사람들을 가르치고 싶다는 목표가 더해져서 화학과의 대학 교수를 꿈으로 정했습니다.

혹시「구글 신은 모든 것을 알고 있다」라는 책을 읽어보신 적이 있나요? 제가 최근에 읽었던 책 중에 가장 재미있었던 책입니다. 카이스트 명강 시리즈의 첫 번째 책인데, 카이스트 명강 시리즈란 각자의 분야에서 국내 최고 전문가이신 카이스트 교수님들이 일반인들을 대상으로 자신의 연구 주제에 대해 강의한 내용을 엮어서 책으로 낸 것입니다. 이 교수님들이 참 멋지지 않나요? 자기가 좋아하는 주제에 대해서 평생을 바쳐 공부하고 또 연구하고, 그렇게 그 분야의 전문가로 인정받아서 수많은 사람들이 자신의 강의를 듣고 싶어 하는 모습이 참 부러웠습니다. 저도 제가 진로를 이렇게 정한 이상,

평생 공부하고 연구할 일만 남았을 텐데 이왕 이렇게 된 거 제가 평생을 바쳐 공부한 것을 다른 사람들에게 도움을 줄 수 있게 교수가 하고 싶습니다.

마지막 항

제 꿈의 마지막 항은 무엇이 될까요? 만약 제 마지막 항이 정해져 있다면 조금 슬플 것 같습니다. 제 꿈의 마지막 항, 즉 제 인생의 궁극적인 목표를 모두 달성하게 되면, 성취감과 더불어 조금의 허무감도 밀려오지 않을까요? 이제 달성해야 할 목표가 없으니까요. 마치 퀘스트를 다 깬 게임이 재미가 없는 것처럼 말입니다. 그래서 저는 제 마지막 항을 정해두고 싶지 않습니다. 나이가 많든 적든 누구나 꿀 수 있는 것이 꿈이기 때문에 저는 앞으로도 제 위치에 만족하지 않고 제 꿈을 계속 키워가면서 더 높은 위치의 꿈을 위해 도전할 것입니다. 그러면 결국 저는 제 인생의 목표를 다 이룰 수는 없겠지만, 그게 실패한 것은 아니잖아요?

여러분들은 꿈에 대해서 어떤 수열을 만들고 계신가요? 혹시 지금 꿈이 없어서 고민하고 계시는 분이 있다면 이것 하나만 기억해 주세요. 지금 현재 상태는 별로 중요하지 않습니다. 앞으로 어떻게 하는지에 따라서 미래의 나의 모습이 결정됩니다. 그러니 지금 상황이 안 좋은 것 같고 남들보다 뒤쳐진 것 같아도 포기하지 말고 열심히 노력하면 분명히 좋은 결과가 있을 거예요. 마치 수열의 몇 개의 항만 보고 수열의 마지막 항을 알 수 없는 것처럼요.

먼 미래의 항

훗날 제가 진짜로 화학자가 된다면 제가 궁극적으로 하고 싶은 일은 우리나라의 순수과학을 발전시키는 것입니다. 우리나라는 학생들이 세계에서 공부를 가장 잘 하는 나라 중 하나이지만 정작 노벨상 수상자는 노벨 평화상을 제외하고는 한 명도 없습니다. 저는 이것이 우리나라의 연구 시설 등이 순수 과학자들에게 적합하지 않아서 그렇다고 생각합니다. 그래서 저는 연구비 지원이나 각종 혜택 등이 보장되는 순수 과학자를 위한 인프라를 구축하면 우리나라에도 다른 나라들과 같이 순수 과학이 발전할 것이라고 생각합니다. 그렇게 되면 저처럼 순수 과학을 좋아하는 사람들도 많아지지 않을까요?

써놓고 보니 참 갈 길이 먼 것 같습니다. 과연 제가 이렇게 위대한 일을 할 수 있을까요? 물론 성공할 확률은 낮아 보입니다. 그러나 저는 제가 세운 목표를 성공하는지는 중요하지 않다고 생각합니다. 목표를 이루기 위해서 열심히 노력한다면 그 과정에서 목표의 성공보다 더 값진 것을 얻을 수 있을 것입니다.

나:꿈 = 1:1.618

이민재

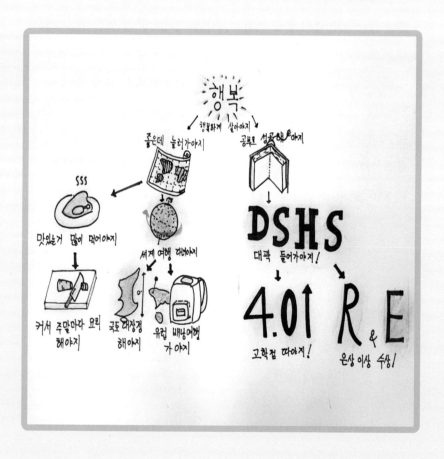

나의 꿈 수열

$$F_1 = 1,\ F_2 = 1,\ F_{n+1}\ F_n\ (\ n = 1, 2, 3 \cdots)$$

첫 번째 항과 두 번째 항이 1이고, 그다음 항부터는
이전 두 항의 합이 된다.

나의 꿈 수열 해법

수열로 꿈을 표현하기 위해 나는 '피보나치수열'을 선택했다. 이미 대다수의 사람이 알고 있는 유명한 수열이다. 간략한 소개를 하자면, 피보나치수열은 첫 번째 항과 두 번째 항이 1이고, 그다음 항부터는 이전 두 항의 합이 된다. 이를 수식으로 나타내면 좌측처럼 표현할 수 있다. 여기서 Fn은 n 번째 항을 나타낸다. 그러니까 F1은 첫 번째 피보나치수열의 항, F2는 두 번째 피보나치수열의 항, Fn+1는 n+1번째, Fn+2는 n+2번째를 의미한다.

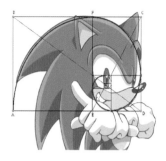

　나는 이런 피보나치수열의 성질에서부터 의미를 찾아 나의 꿈을 표현에 사용하려 했다. 우선 피보나치의 정의가 우리의 삶과 닮아 있다고 생각했다.

　피보나치의 새로운 항은 이전 두 항의 합이다. 이처럼 우리의 현재도 과거의 나의 합과 같다. 다만 다른 이라면, 피보나치는 몇 번째 항이든 예측이 가능하다. 그게 1항 뒤든, 20항 뒤든, 하물며 1만 항 뒤의 숫자도 이론적으로 계산할 수 있다. 반면 우리 미래는 결정되어 있지 않다. 그래서 예측할 수도 없는 불확실성만 가지고 있을 뿐이다.

　또한 피보나치수열의 특이한 일반항에 눈길이 갔다. n번째 피보나치수열의 일반항은

$$F_n = \frac{1}{\sqrt{5}}\left(\left(\frac{1+\sqrt{5}}{2}\right)^n - \left(\frac{1-\sqrt{5}}{2}\right)^n\right)$$ 이다.

　여기서 특이한 점은, 일반항에 루트 값이 들어간다는 점이다. 피보나치수열은 앞의 두 항을 더해서 다음 항을 만든다. 첫 번째와 두 번째 항이 자연수 1로 주어졌으니 앞으로 모든 항은 자명하게 자연수임을 알 수 있다. 그런데 무리수라니! 중학교 교육과정에서 루트는 무리수이고 자연수는 유리수임을 배웠다. 유리수는 분수로도 나타낼 수 있고, (순환하는 무한 소수를 제외하면) 모두 '소수점 자리 밑 얼마'로 정확하게 떨어지는 값들이다.

　반면 무리수는 그렇지 않다. 소수점 아래 무수히 많은 수가 나열되

어 있다. 게다가 예측도 불가능하다. 소수점 아래 30자리만 해도 하나하나 모두 계산해야만 한다. 이런 무리수의 성질로 인해서 우리는 일반적인 방법으로는 무리수가 유리수가 되지도, 반대로 유리수가 무리수가 되지도 못함을 배웠다. 이것을 '무리수 상등'이라고 한다.

무한하고 예측불가능한 무리수를 잘 배합하니, 가장 간단하고 이상적인 친숙한 자연수가 나온다. 흥미롭지 않은가? 또한 앞서 이야기한 꿈과 닮았지 않은가? 예측 불가능한 우리의 '미래'를 재료로 이상적이고 완전한 '꿈'을 요리한다. 이런 피보나치와 꿈의 관계가 내가 필요로 하는 수열에 완전히 적합하리라 생각했다. 우선 내가 사용한 피보나치는 원형 그대로를 사용한 것은 아니고, 약간의 변형을 주었다. 사실 정말 별것이 아닌데, 그저 첫 번째 항을 지우고 두 번째 항부터 나열을 시작했다.

피보나치수열이 어떤 식으로 발견되었는지 들어본 적 있나? 피보나치는 이 수열을 연구하면서, 토끼가 새끼를 치는 방법을 언급하였다. 어른 토끼는 다음 달에 새끼 토끼를 낳는다. 새끼 토끼는 한 달간 성장하여 다음 달이면 어른 토끼가 되어 새끼를 낳을 수 있게 된다. 이런 규칙이 계속 적용된다면, 전체 토끼의 수는 피보나치수열을 이루게 된다.

꿈은 성장하기도 하고 새로운 꿈을 낳기도 한다. 시간이 지나면서 점점 더 세세해지고 구체적으로 변모한다. 이런 특성을 그림에 화살표로 표현했다. 처음에는 마냥 행복하게 살았으면 했다. 이런 생각은 후에 성취의 쾌락과 감각적인 쾌락의 두 가지 영역으로 나누어졌다. 공부로 성공해서 얻는 행복과 여행을 다니면서 얻는 행복 두 가지로 나눴다. 여행 다니면서 놀자는 의지는 '세계여행'으로 구체화하였다. 또한 여행은 '맛있는 거 먹으며 다니자.'는 새 꿈을 낳았다.

피보나치수열은 자명하게, 다음 항으로 넘어갈수록, 그 수가 더 급격하게 커진다. 앞으로 펼쳐질 내 꿈도 그렇다. 과거가 미래를 형성하는 피보나치수열처럼, 나아가면 나아갈수록 더 거대해지는 피보나치수열처럼, 끊임없이 성장하고 발전하는 그런 꿈을 꾸게 될 것이다.

제 5차 산업 혁명이 시작되다.

기계와 기술이 들어선 1, 2차 산업혁명, 컴퓨터가 이끈 제 3차 산업혁명, 현재 인공지능의 등장으로 서서히 다가오는 제 4차 산업혁명까지. 인류는 수 차례 산업 혁명을 지나오면서 더 풍요롭고 만족스런 세계 인류의 삶을 만들어 왔다.

이런 혁명들은 일어난 시기도, 그 사이 간격도 내용도 모조리 다르다. 하지만 이들은 한 가지 공통점을 가지고 있다. 바로 '창조의 가속'이다.

기계장치의 등장으로 인간과는 비교도 되지 않을 빠른 생산이 가능해 졌다. 컴퓨터의 보급화는 빠르고 정밀한 연산이 가능하게 했다. 이제는 사고하는 것마저 인공적인 지능이 빠르게 처리하는 시대에 이르렀다. 그럼, 앞으로 우리가 새롭게 맞이할 산업혁명은 어떤 형태인가?

나는 그 답이 바로 '양자 컴퓨터'에 있다고 본다. 현재 그 어떤 계산 장치보다 빠른, 이전과는 완전히 다른 구동방식으로 진행되는 컴퓨터. 학자들에 따르면 양자컴퓨터의 발달은, 기존 연산의 1억 배 정도의 속도를 낼 것으로 기대된다.

43살의 나는 양자컴퓨터를 보급화할 연구를 성공으로 이끈다. 그 결과 사람들을 새 시대의 빠른 속도를 맞이하게 되고 그 결과 5차 산업혁명의 새로운 문을 열게 된다.

내 인생의 전환기들

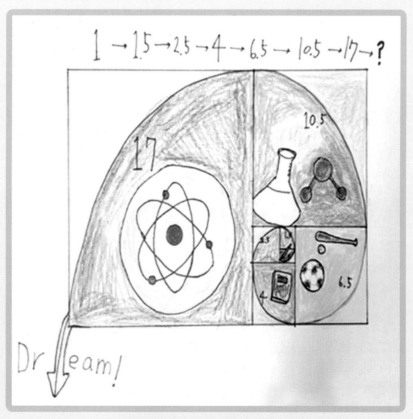

피보나치수열 ÷ 2로 표현한 나의 인생

나의 꿈 수열

$$1 \rightarrow 1.5 \rightarrow 2.5 \rightarrow 4 \rightarrow 6.5 \rightarrow 10.5 \rightarrow 17 \rightarrow ?$$

$$\frac{1}{2}F_n = \frac{1}{2}\frac{\phi^n - (1-\phi)^n}{\sqrt{5}} = \frac{1}{2\sqrt{5}}\left(\left(\frac{1+\sqrt{5}}{2}\right)^n - \left(\frac{1-\sqrt{5}}{2}\right)^n\right)$$

$$F_1 = F_2 = 1$$

$$F_n = F_{n-1} + F_{n-2}$$

이 수열은 제 인생의 그때그때 나이이기도 하지만 동시에 피보나치 수를 2로 나눈 값이기도 합니다. 피보나치 수는 잘 알려진 대로 처음 두 항은 1로 시작하고 그다음부터는 앞의 두 수를 더한 값이 바로 다음 수가 되는 규칙을 가지고 있습니다. 1, 1, 2, 3, 5, 8, 13, 21, 34, 55, 89, 144…와 같이요. 제가 만든 수열은 이 피보나치 수들을 2로 나눈 값으로, 역시나 앞의 두 수를 더한 값이 다음 수가 된다는 규칙을 만족합니다. 이 피보나치 수열의 일반항은 특성방정식을 통해 구해낼 수 있는데, 그 결과는 위의 값과 같습니다. 식에 무리수가 들어감에도 계산한 결과가 항상 정수가 나온다는 점이 신기하지 않나요? 참고로 저 식에서 ø, 즉 $\dfrac{1+\sqrt{5}}{2} = 1.618\cdots$ 는 황금비입니다.

이러한 규칙에 따르면 다음 수는 27.5, 즉 27살과 28살 사이에 저는 무엇을 하고 있을까요? 굳이 산업 수학자가 되지 않았을지라도 멋진 인생을 살고 있을 밝은 미래를 기대해 보며 내 인생의 수열에 대한 소개는 여기까지 하겠습니다.

나의 꿈 수열 해법

여러분은 이 그림과 같은 나선을 보신 적 있나요? 황금나선, 또는 피보나치 나선이라고 하는 이 나선은 앵무조개 껍데기 등에서 찾아볼 수 있으며, 정사각형을 계속 그려 나갈수록 큰 직사각형 변의 길이 비가 황금비를 이루고 있답니다. 위의 수들이 이루고 있는 수열은 그림 안의 각 정사각형 변의 길이이자 이전 항 2개를 더하면 다음 항이 되는 피보나치수열의 일종입니다. 또한 제 인생에서의 그때그때 나이를 나타내고 있기도 합니다. 지금부터 제 인생을 간단히 돌이켜 보며 제가 어떻게 꿈에 다가가고 있는지를 살펴보도록 하겠습니다.

1살, 저는 돌잡이에서 연필을 잡았다고 하더군요. 이 덕분에 공부가 일상인 지금 학창 시절을 잘 버텨내고 있을지도 모르겠습니다. 너무 어릴 때의 제 꿈은커녕 어떻게 살고 있었는지도 잘 기억나지 않으니 너무 어릴 적은 이만 줄이도록 하겠습니다.

내가 잡았던 건 아니고 그냥 연필

4살, 이때부터 저는 다양한 책을 읽는 것을 즐겼습니다. 물론 그 나이로 볼 수 있었던 책들은 거의 다 그림이 대부분인 동화책 종류였지만, 그 시절의 저는 지금보다 수십 배나 더 많은 독서를 했다고 자신 있게 말할 수 있습니다. 가장 많이 읽었던 책의 종류는 다름 아닌 수학책으로 그 당시부터 수학에 많은 흥미가 생겼던 덕분에 지금의 제 수학 실력이 탄생하게 된 것인지도 모르겠습니다.

6.5살, 다시 말해 6, 7살쯤, 저는 축구나 야구 같이 공으로 하는 운동에 푹 빠졌습니다. 아마 그 시기의 대부분의 다른 아이들이 그랬듯이 저 역시 에너지가 남아돌아 몸으로 하는 활동에 더욱 즐길 수 있었던 것 같습니다. 이때부터 시작된 축구, 야구에 대한 흥미는 초등학교 때까지 계속 따라가 건강한 학창 시절을 보낼 수 있었던 것에 기여할 수 있었습니다. 야구 이야기를 조금 더 풀어보자면 우선 저는 7

살 때부터 '롯데 자이언츠'의 팬으로서, 지금까지도 롯데 팬인 다른 친구들과 함께 경기를 즐겨보고 있습니다. 초등학교 때는 학교 친구들과 함께 야구팀을 결성하여 다른 초등학교 야구부와 친선 경기를 한 적도 있었습니다.

롯데 자이언츠의 옛날 로고

그 시절에도 여전히 꿈은 자세하게 정해지지 않았기 때문에 굳이 그때의 꿈을 말해 보라면 야구선수라고 할 수도 있을 것 같습니다.

10.5살, 초등학교 고학년에 막 접어드는 시기라 한다면, 저는 그때부터 본격적으로 수학과 과학에 관심이 생기기 시작했습니다. 초등학교에서 영재학급에 들어가 심화된 수, 과학 이론을 배우고 실험을 하면서 점점 제 적성이 이 분야와 맞다고 생각하게 되었습니다. 이때부터 저의 꿈은 수학자 또는 과학자로, 아마도 그때까지는 가장 구체적으로 꿈이 정해진 때인 것 같습니다. 어쩌면 영재학교에 합격하여 지금의 제가 될 수 있었던 가장 큰 계기가 되었던 시기가 바로 그때였다고 말해도 과언이 아닐 것 같습니다. 다른 한편으로는 몇 배는 힘든 공부가 시작된 시기이기도 합니다.

17살, 지금이기도 하군요. 저는 현재 대구과학고등학교 1학년으로서 자랑스러운 학교생활을 하고 있습니다. 그러나 그만큼 중학교 때의 저는 매우 힘든 인생을 살아왔습니다. 사실 처음부터 영재학교를 목표로 하지는 않았기 때문에 중2까지는 각종 올림피아드에 치중하였고, 과학고 입학 정도만 목표로 삼고 있었습니다. 어쩌다 목표가 영재학교로 몇 배나 높아졌는지는 잘 기억이 나지 않지만, 합격 통보를 받은 날은 행복했던 날로 기억하고 있고, 솔직히 말하자면 막연한 기쁨보다는 해탈(解脫)에 가까웠던 감정이 더 컸던 것 같습니다. 물론 그때 들었던 앞으로는 공부를 덜 해도 되겠지 하는 생각은 지금의 저에게는 정말로 멍청한 억측에 불과하지만 말입니다.

27.5살, 이때의 저는 별다른 일이 없었다면 군대를 다녀오고 대학 졸업을 하였을 것이기에 진정한 사회인이 되어 있을 것입니다. 아니면 대학원에 진학했을지도 모르겠군요. 아무튼 지금의 저로서 보기에는 매우 낯설고 색다른 새로운 삶이 기다리고 있을 것 같습니다. 저는 산업수학자로서의 발판을 이맘때쯤 확고히 다져갈 수 있을 것입니다. 물론 대학을 다니면서 생각이 바뀌어 진로가 달라질 수도 있지만, 그것이 무엇이 되었든 그 자리에서 최선을 다하여 노력할 것은 지금도 다짐할 수 있습니다. 만일 지금의 목표와 같이 그때도 산업수학자를 희망하고 있다면, 아마 산업수학을 비롯한 다양한 수학 분야를 전공하는 대학원에 진학하였을 것이라고 생각합니다. 대학원에서 전문적인 공부를 통하여 그 전공에 대하여 확고한 지식을 쌓는다면, 산업수학 뿐만 아니라 무엇이 되었든 꿈에 한 발짝 더 가깝게 다가갈 수 있을 것이라 확신합니다. 그때도 공부를 계속해야 한다는 것이 한편으로 힘이 빠지기도 하지만 어차피 살아가면서 어디에서나 필요한 것이 공부라는 것을 지금도 뼈저리게 느끼고 있기에 더욱 열심히 할 수 있을 것이라고 생각합니다.

우리 반인 1학년 3반의 단체 사진

　미래, 가까운 미래라면 모르겠지만 몇십 년 뒤의 저는 지금의 저로서는 절대로 상상할 수 없을 것입니다. 지금의 꿈이 절대로 이루어진다는 보장이 없고, 꿈은 언제나 바뀌는 것이니까요. 그러나 확실한 것은, 미래의 나 자신은 지금과 과거의 나와 같이 항상 목표를 향해서 최선을 다해 하루하루를 노력하며 살 것이라는 사실입니다. 물론 그러기 위해서는 주위의 여러 가지 유혹을 뿌리쳐야 하는 등 쉽지만은 않을 것입니다. 하지만 저는 항상 저 자신을 믿기 때문에 미래의 나 역시 그러한 유혹에 넘어가지 않을 것이라 굳게 믿고 있습니다. 먼 미래가 되어 성공한 인생을 살게 된다면 이번 활동을 한번 되돌아보면서 진정한 해탈(解脫)에 도달하고 싶다는 바람을 가지고 있습니다.

해탈(解脫)에 도달한 미래의 나

미래를 향해, 과거를 딛고, 현재를 달리다

이지원

나의 꿈 수열

$$7 \rightarrow 11 \rightarrow 13 \rightarrow 17 \rightarrow 19 \rightarrow \cdots \text{(미래)}$$

이 수열은 7부터 시작하여 연속하는 소수를 나타낸 수열이다. 소수란 1과 자기 자신만을 약수로 갖는 수를 말한다. 이때 약수란 자신을 나누어떨어지게 하는 수들을 말한다. 예를 들어, 7의 약수는 7을 나누어떨어지게 하는 수인 1과 7이 된다. 이때 7의 약수는 1과 자기 자신인 7뿐이므로 7은 소수가 된다. 같은 방식으로, 11, 13, 17, 19 모두 소수가 됨을 알 수 있다.

나의 꿈 수열 해법

이번엔 현재의 '나'가 되기까지 제가 어떤 과정을 거쳐 왔으며 제가 그리는 저의 미래를 소개하고자 합니다. 앞서 언급했듯이, 저는 7부터 시작하는 연속한 소수를 나열한 수열인 '7, 11, 13, 17, 19, …'를 수열로 선정하였습니다. 그 이유에 대해 간략히 말씀드리자면, 소수는 1과 자기 자신만을 약수로 갖는, 어떻게 보면 간단한 수이지만, 바꿔 말하자면 모든 수는 소수의 곱으로 표현될 수 있습니다. 이를 소인수분해라고 하지요. 저 역시 사회에서 저 혼자만 빛나는 대단한 존재가 되기보다는 보이지 않는 곳에서 사회를 위해 노력하고 봉사하는, 어떻게 보면 사회에 꼭 필요한 존재가 되고 싶다는 생각에 이 수열을 선정하였습니다. 아, 근데 왜 하필 7부터 시작하냐고요? 그건……(끼워 맞추느라 힘들었으니 여기까지만 이야기하도록 하자.).

한편 위의 그림은 생물의 구성단계를 표현한 그림으로, 앞서 소개하였던 저의 꿈인 생명공학자를 잘 나타낼 수 있는 그림을 생각해 보던 중 떠올라 그리게 되었습니다. 특히 위 그림은 분자, 세포, 조직, 기관 그리고 개체를 나타낸 것인데(필자의 미흡한 그림 실력으로 인하여 아마 독자들은 이 대목을 읽기 전까지는 무엇을 그린 그림인지 알 수 없었을 것이다. 어쩌면 지금도…) 점점 더 발전해나가는 생물

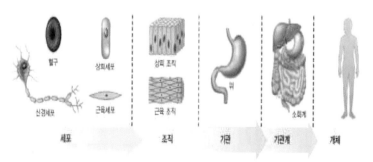

생물의 구성단계 : 생물은 세포, 조직, 기관, 개체로 구성되어 있다

의 구성단계를 점점 더 발전해나가는 저의 목표 그리고 꿈과 결부시켜 이야기하고자 합니다.

「1」 a_1=7 어린 시절

먼저 저의 어린 시절 이야기부터 가볍게 시작하도록 하죠. 저의 어린 시절을 표현하기 위해 제가 선택한 그림은 바로 마이크입니다. 뜬금없이 마이크? 하고 생각하시는 독자분들도 계실 것 같은데요. 노래 부르는 것을 좋아해서 가수가 되고 싶었을까요? 음, 노래 부르기를 좋아했던 것은 맞지만 가수가 되고 싶었던 것은 아니고 마이크는 사실 제가 돌잡이 때 잡았던 것입니다.

많은 독자분이 생각하셨던 것처럼 저 역시 마이크라면 노래 부르는 것밖에 생각하지 못했는데, 얼마 전에 제가 돌잡이 때 잡았던 마이크의 의미를 새롭게 생각해 보게 되었습니다. 저의 이름인 이지원은 가질 지(持)에 나눌 원(援)으로 가진 것을 나누라는 의미로 부모님께서 지어주신 이름입니다. 이러한 의미에서, 어쩌면 제가 마이크를 잡았던 이유도 제가 가진 것을 마이크를 통해 사회에, 세계에 나누라는 의미가 아니었을까 하는 생각이 드네요.

「2」 a_2=11 초등학생

초등학교 때는 그림에서 보실 수 있듯이 제 마음속에 다양한 꿈들과 목표들이 뒤섞여 있었던 시기입니다. 자주 꿈이 바뀌었다가, 때로는 꿈이 없어 방황하다가도, 어느샌가 또다시 새로운 꿈을 찾아 열심히 달려가던 그런 시기였죠.

저는 기억이 안 나지만 초등학교 1학년 때 학교에서 제 꿈에 관한 그림 그리기 활동을 했었나 봅니다. 집 어딘가 묻혀 있던 것을 어느 날 우연히 보게 되었는데, 아니, 이게 웬일? 경찰이 그려져 있는 겁니다. 그 그림을 발견했을 당시에는 제가 갖고 있던 꿈과는 다소 거리가 먼 직업이라 당황스럽기도 했지만, 잘 생각해 보니 경찰이 되어 마을을 지키고 사람들을 도와주겠다는 어린 시절 저의 때 묻지 않은 순수함이 느껴져 웃음이 나기도 합니다.

그러던 중 초등학교 3학년 때였을 겁니다. 그때는 선생님이 되고 싶다고 생각을 했어요. 교실 앞에 칠판에 서서 저와 급우들을 가르쳐 주시는 선생님께서 멋져 보이기도 했고 제가 알고 있는 것을 친구들이나 다른 사람들에게 알려주는 것이 재밌기도 했기 때문이죠. 저에겐 여동생이 하나 있는데, 동생을 앞에 앉혀두고 제가 새로 알게 된 것, 재미있게 느껴지는 지식을 가르쳐주는 일명 '선생님 놀이'를 하며 선생님의 꿈을 키워갔던 기억이 있습니다.

여러분도 이루고 싶은 꿈이 있다면 그 꿈에 관련된 활동들을 해보는 것도 좋을 것 같다는 생각이 듭니다. 여러분이 진정으로 하고 싶은 게 무엇인질 더 잘 알게 해줄 뿐만 아니라, 여러분 자신을 더 잘 이해하게 해주기 때문이죠. 어쩌면 이러한 얘기도 필요 없는 얘기일지도 모르겠네요. 여러분이 진정으로 이루고 싶은 꿈이 있다면, 굳이 이런 얘기를 듣지 않아도 스스로 찾아하게 될 테니까요!

「3」 $a_3=13$ 중학생

어느 날 책을 읽다 장기려 박사님이란 분을 접하게 된 적이 있습니다. 장기려 박사님은 아프지만 가난하여 치료조차 받지 못하고 죽어가는 사람들을 위해 봉사하고 희생하며 평생을 바친 의사이십니다. 돈이 없어 수술비를 내지 못하는 환자를 병원 뒷문으로 몰래 보내주는가 하면, 집에 들어와 물건을 훔치는 도둑에게 도리어 가진 것이 없어 미안하다며 돈을 쥐어주며, 6.25 전쟁으로 북한에 두고 온 가족들을 만날 기회에 있었음에도 그것은 특권이라며 거부하실 정도로 훌륭한 인품과 의술을 가진 분이셨다고 하니, '바보 의사'라고 불렸던 것도 이해가 되네요.

이런 장기려 박사님의 영향으로 저 역시 의사의 꿈을 꿈꾸게 되었습니다. 사실 중학교 때부터는 아니었고, 초등학교 4학년 때 장기려 박사님의 전기를 접한 이유로 줄곧 의사의 꿈을 꾸었죠. 그러던 중 또 한 분을 더 접하게 되었는데 그분이 바로 이태석 신부님이십니다. 이태석 신부님은 '한국의 슈바이처'라고 불리셨는데요. 이태석 신부님은 어린 시절에 6.25 전쟁으로 피폐해진 한국에서 몸 바쳐 봉사한 알로이시오 신부님으로부터 유아 세례를 받고 많은 영향을 받아 훗날 수단의 톤즈에 병원과 학교를 세워 아픈 이들을 치료하고 어린이들을 교육하신 분입니다. 특히, 최근에 이태석 신부님의 학교에 다니던 이태석 신부님의 제자가 우리나라 의과 대학에 합격한 사실이 전해지며 잔잔한 감동을 주고 있죠.

이렇게 장기려 박사님과 이태석 신부님의 삶을 보며, 저 역시 아프지만 가난하여 치료조차 못 받고 죽어가는 사람들, 특히 세계 여러 나라에 의료적으로 열악한 곳에 사는 사람들을 돕고 싶다고 생각하며 의사의 꿈을 키워갔습니다. 감기와 같이 치료만 받으면 누구나 살 수 있는 간단한 질병인데도 돈이 없어 치료조차 받지 못하고 죽어가는 사람들을 보니 정말 안타깝고 마음이 아팠거든요.

장기려 박사님의 전기문(왼쪽)과 이태석 신부님의 전기문(오른쪽)

더 나아가 이태석 신부님처럼 다른 사람과 사회 그리고 세계에 긍정적인 영향을 미치는 사람이 되겠다는 목표를 갖게 되었습니다. 현재는 의사의 꿈을 꾸고 있지는 않지만, 다른 사람과 사회 그리고 세계에 긍정적인 영향을 미치겠다는 목표는 여전합니다. 어쩌면 제가 이렇게 책을 쓰는 것도 그러한 목표를 이루기 위한 첫걸음이 아닐까요?

「4」 a_4=17 고등학생 (현재)

한편 중학교 2학년 때부터는 의사가 되어서 과연 얼마나 많은 사람에게 실질적인 도움을 줄 수 있을지에 대해 고민하기 시작하였습니다. 뛰어난 의사가 된다고 하더라도 환자를 상대할 때는 한 명씩밖에 상대할 수 없기에 의사보다는 좀 더 많은 사람에게 실질적인 도움을 줄 수 있는 꿈을 찾고 싶었죠. 또한 '아픈 사람들을 치료하는 것도 좋지만, 이렇게 사람들을 병들고 아프게 하는 근본적인 원인인 질병 자체를 없앨 순 없을까' 하는 생각을 하게 되었고, 그 결과 발견한 것이 바로 생명공학자, 그중에서도 백신 및 신약 개발자였습니다.

앞에서도 언급하였듯이 인류는 아주 오래전부터 이러한 바이러스와 전염병에 시달려왔습니다. 인류가 점점 더 발전하고 진화할수록 바이러스도 나름의 변이와 진화를 거듭하였기에 인류는 바이러스와 함께 진화했다고 하더라도 과언이 아니죠. 현재 인류는 코로나-19라는 새로운 바이러스의 위협에 시달리고 있는데요. 미국과 같은 선진국도 이러한 바이러스로 인해 많은 사상자를 내는데, 과연 의료환경 및 생활환경이 열악한, 소위 말하는 개발도상국에 사는 사람들은 이러한 바이러스의 위협에 취약할 수밖에 없을 것입니다.

이에 이러한 바이러스와 전염병 등 아직 정복되지 않은 다양한 질병에 대한 백신을 개발하여 인류를 구원하고 싶다는 큰 꿈을 꾸게 되었습니다. 그뿐만 아니라 개발된 백신은 무료로 배포하여 돈이 많은 사람만이 아닌, 이러한 백신이 진정으로 필요한 가난하고 아픈 사람들이 이용할 수 있도록 하고 싶다는 목표를 갖고 있습니다. 그것이 현실적으로 가능할지는 모르겠지만요. 그런데 그게 중요한가요? 제 꿈이 현실적으로 가능하든 가능하지 않든 꿈을 이룰 수 있을지 없을지도 모르는데, 이왕 꿈을 가질 거 큰 꿈을 갖는 것이 더 좋지 않을까요? 백신 개발자가 되기 위해서는 아직 앞으로 가야 할 길이 더 많이 남았지만, 오늘도 저는 미래를 향해, 부푼 꿈을 안고 열심히 달려가는 중입니다.

「5」a_2=19 미래

미래는 제가 백신 개발자가 되어 신약을 개발하는 그림으로 표현해 보았습니다. 그렇지만 또 중간에 어떤 일이 생길지, 저의 꿈과 목표가 어떻게 바뀔지는 아무도 모르는 것이죠. 이때까지 제가 살아온 불과 20년도 안 되는 짧은 인생을 돌아보더라도 아주 많은 변화가 있었으니까요.

그런 의미에서 여러분도 꿈이 없다고, 혹은 꿈이 너무 많아서 걱정하거나 스트레스 받을 필요는 전혀 없답니다. 당장 내일, 아니 오늘 일어날 일도 잘 모르는데, 10년, 20년 미래의 일을 어떻게 알 수 있겠어요. 그저 현재 내가 할 수 있는 것에 최선을 다하고 하루하루 알차게 살아가는 것이 미래를 향한 첫걸음이 되리라 생각합니다. 물론 뚜렷한 꿈과 목표를 갖고 있다면 그 목표에 달려가는데 좀 더 수월하고 방향성이 잡힐 수는 있습니다. 그렇지만 다양한 것을 경험하고 시도해 보는 것도 여러분이 진정 무엇을 원하는지 그리고 여러분은 어떤 사람인지, 스스로에 대해 알아보는 의미 있는 시간이 될 것입니다.

장황하게 설명하였지만 제가 하고 싶은 말은 결국 현재에 최선을 다하자는 것입니다. 미래는 내가 만드는 것이고 나는 현재를 살아가고 있으니까요. 티끌 모아 태산이라는 말이 있잖아요? 현재의 작은 걸음들이 모여 미래의 큰 도약이 될 때까지 우리는 그저 현재를 느리지만, 묵묵히 살아가면 되는 것입니다. 밝은 미래를 향해, 과거를 딛고, 현재를 달리시길 바랍니다.

만약 미래에 제가 백신 개발자가 된다면, 어느 한 연구실에서 코로나-19와 같은 신종 바이러스들을 연구하고 백신을 개발하기 위한 연구를 진행하고 있을 것입니다. 바이러스를 관찰하고 어떤 물질이 바이러스를 죽이는지 수많은 실험을 거쳐 백신을 개발하는 것이죠. 또한 이렇게 개발된 백신은 돈이 많은 사람뿐만이 아니라 진정으로 백신이 필요한 사람들, 가난하여 치료조차 받지 못하고 죽어가는 사람들이 모두 사용할 수 있도록 무료나 저렴한 가격에 배포하고 싶다고 생각하고 있습니다. 물론 이를 위해서는 여러 경제적, 기술적 문제들이 해결되어야 할 테지요. 그렇지만 만약 저의 바람이 실현된다면 이 세상에 존재하는 모든 질병으로부터 인류를 구원한다는 저의 원대한 목표가 실현될지도 모르겠네요. 한편 백신이 아니더라도 저는 각종 불치병에 대한 신약을 개발하고 싶다고 생각하고 있는데요. 루게릭병이나 암, 당뇨병과 같은 불치병뿐만 아니라, 치매와 같은 질병에 대한 신약을 개발하여 많은 사람이 질병 없는 행복한 세상에서 살아가게 하고픈 소망이 있습니다.

수열로 끓인 찐한
인생 수프 나왔습니다

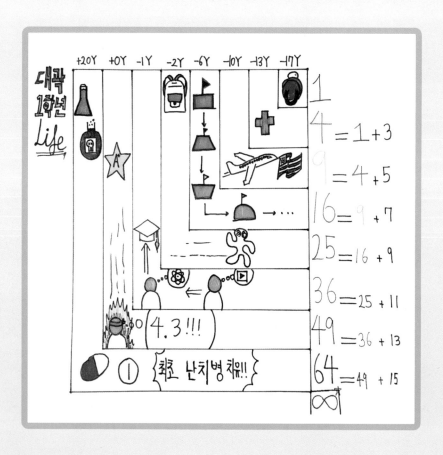

나의 꿈 수열

수열 $\{ a_n \}$이
   1, 4, 9, 16, 25, 36, 49, 64, …
일 때, 계차수열 $\{ b_n \}$은
   3, 5, 7, 9, 11, 13, 15, … 이다.

※ 수열 $\{ a_n \}$에 대해 인접하는 두 항의 차 $b_n = a_{n+1} - a_n$
가 수열을 이룰 때, 수열 $\{ b_n \}$을 수열 $\{ a_n \}$에 대한 계차
수열이라고 한다. 이 때, $a_n = a_1 + \sum\limits_{k=1}^{n-1} b_k$이다.

나의 꿈 수열 해법

〈대곽 1학년, 전과 후〉

※ 대곽은 대구과학고등학교의 애칭입니다.

앞의 그림은 나의 현재까지의 인생을 그림으로 간단하게 나타낸 것이다. 가로축은 연도, 세로축은 내 인생과 의미 있는 수열을 나타낸 것이다.

17Y 2004년 12월 10일, 2.98kg의 체중으로 대구파티마병원에서 출생하였다. 시간 날 때 가끔씩 어릴 때의 사진들이 담긴 앨범을 펼쳐 보는데, 항상 옆에서 아기 때 살이 찐 모습을 보며 '옛날부터 먹보더라.'라는 부모님의 잔소리 아닌 잔소리를 듣는다. 이 책을 빌려 나를 낳아주신 부모님께 감사의 인사를 드리고 싶다.

13Y 기억은 잘 나지 않지만 부모님 이야기로는 일생에서 가장 힘든 순간을 겪었다고 한다. 건강이 좋지 않아 1년 정도 병원에서 보내게 되었다. 다행히 현재는 잔병치레 없이 건강히 지내고 있다.

9Y 아버지의 회사 일로 미국에 1년 6개월을 거주하게 되었다. 미국 생활은 언어의 장벽을 넘어서 너무나도 평화로웠던 생활이었다. 고진감래라더니 병원에서의 힘든 순간 후에 미국에서의 생활은 우리 가족 모두 행복하게 리프레시(refresh)를 하게 된 계기가 되었다. 일찍 미국을 다녀온 덕인지 현재는 아무런 영어 트라우마 없이 영어

가 제2의 언어가 될 정도로 영어를 구사할 수 있다.

7Y 미국에서 돌아온 후, 이사를 자주 가서 초등학교가 자주 바뀌어 미국 생활에 비해 초등학교 생활은 정돈되지 못하였다. 그렇다 할 절친도 없이 조용한 아이로 초등학교 생활을 보내다 초등학교 4학년부터 지금 사는 곳에 정착하게 되었다.

2Y 중학교 1학년, 초등학교 생활을 마친 후 안정적인 삶을 잡아갔다. 고등학교 1학년이 된 시점에서 그때를 생각해 보면, 중학교 1학년은 가장 행복하면서도 바빴던 시기인 것 같다. 2018년부터 최초로 실시한 자유학년제 덕분에 시험에 대한 부담은 없었지만, 아이러니하게도 그만큼 학원을 제일 열심히 다닌 시기였다.

1Y 중학교 2학년 때 영재고를 처음 접했다. 게임이나 좋아하는 학생이 영재고라는 높은 산을 넘어야 하나 생각했지만, 밑져야 본전 셈치고 원서를 내었다. 아무런 대책 없이 원서를 내고 난 후 어느새 1차와 2차 평가에 합격한 후 결국 3차 때 합격 통보를 받고 2년의 학교생활 만에 조기 졸업을 하게 되었다. 혹시라도 영재고 준비생들이 만약 이 책을 보고 있다면, 영재고에 합격하기 위해서는 학원을 주야장천 다니는 것 보다 자신의 공부 패턴과 패기만 있으면 된다는 것을 꼭 알려주고 싶다.

0Y 현재 필자의 모습이다. 대구과학고등학교는 고등학교와 대학

교 방식이 섞인 학점제로 학교를 운영한다. 10가지 과목에 대해 모두 A+의 평점을 받을 때 최고 학점인 4.3을 받을 수 있으며, 모든 친구가 바라는 꿈의 학점이다. 오늘도 필자는 학점 A+, 행복 A++의 별을 따기 위해 열심히 공부한다.

+20Y 현재 나의 꿈의 최종 목표이다. 내가 바라는 목표 앞에서 소개한 내용처럼 난치병을 치료하는 약물을 개발하는 약학연구원이 되는 것이다. 에이즈(AIDS)와 같은 심각한 난치병도 있지만, 비염이나 아토피처럼 수많은 사람이 앓는 일상적인 난치병도 지금까지 완벽히 치료할 수 있는 약물이 존재하지 않는다. 이르면 10년 안에 수많은 사람을 난치병에서 벗어나게 하는 신약을 개발할 수도 있지만, 늦으면 30년이 지나도 연구만 하는 말단 회사 연구원이 될 수도 있다. 그래도 꿈은 역시 크게 가져야지!

만약 OO세가 된다면?

나는 미래에 약학연구원이 되는 것이 꿈이며, 치료하기 어려운 난치병 또는 불치병을 해결할 수 있는 신약을 개발해 많은 사람들이 고난으로부터 벗어날 수 있기를 희망한다. 따라서 나는 내가 원하는 목표를 이루게 되는 날까지 약학연구원이 되기 위한 학문적 소양을 기르고 연구소 내에서 신약 개발에 정진해야 하며, 그 시기는 활기찬 청년기에서 막 중년으로 접어드는 시기인 35세가 될 것이라고 생각한다. 상상은 자유이지만 만약 35세가 된다면, 세계 최초로 한국에서 암의 종류에 관계없이 약물치료 만으로 암세포를 제거할 수 있는 신약을 개발해 많은 이들의 생명을 구할 수 있는 약학연구원이 되고 싶다. 또한 이에 대한 공로로 한국 최초로 노벨 생리의학상을 수상한다면 한민족의 긍지를 높일 수 있는, 자랑스러운 약학연구원이 될 수 있을 것이다.

미래에는 어떠한 신종 바이러스나 세균이 등장할지 예측할 수 없으며, 현재도 우리는 수많은 질병을 치료할 수 없어 전 세계의 다양한 사람이 고통 받고 있다. 2003년 SARS 사태부터 시작해 2015년 MERS 사태, 그리고 2020년 신종 코로나바이러스 사태가 발생하면서 여전히 인류는 질병의 위협으로부터 벗어나지 못하고 있다. 인간의 삶은 근 1세기 동안 비약적으로 발전했지만, 그만큼 새로운 질병이 등장하면서 인류는 서로간의 전쟁이 아닌, 질병과의 전쟁을 선포하였다. 질병을 치료하기 위한, 특히 난치병이나 불치병을 해결하는 신약을 개발하는 것은 길고도 머나먼 터널일 수 있지만, 35세가 된다면 그 터널의 끝을 지나 밝은 햇살을 볼 수 있을 것이라고 기대해 본다.

수열을 인생에 녹여볼까?

필자만의 인생에 수열이 어디에 들어 있는지, 이제부터 인생에서 수열의 진정한 의미를 소개하고자 한다. 수열을 아직 학습하지 않은 자들도 쉽게 이해할 수 있을 만큼 차근차근 설명하였으니 수학에 대한 부담감을 떨치고 바라보기를 바란다.

사각형 오른쪽의 세로축의 숫자는 직관적으로 보았을 때 사각형의 넓이를 나타냄을 알 수 있다. 정사각형의 넓이는 한 변의 길이의 제곱으로 나타내며, 정사각형의 넓이가 점점 커지는 것이 내 인생이 점점 넓어지는 것을 단적으로 보여준다고 할 수 있다. 이를 수열의 개념으로 확장해 보자. 세로축 숫자의 나열은 하나의 '계차수열'을 나타내며, 이를 사용한 이유는 계차수열이 필자의 인생을 가장 잘 표현하는 수열이라고 생각했기 때문이다. 수학적 정의로서의 계차수열이란 수열의 인접한 두 항의 차가 일정한 규칙을 이루어 수열을 이루는 것을 의미한다. 필자는 이 계차수열에서 이 숫자들의 나열은 단순한 숫자의 덧셈이 아닌, 이전 항보다 점점 더 커지는, '확장'이라는 숨겨진 의미에 초점을 맞추었다. 나의 인생을 포함한 모든 인간의 인생은 단순히 일정한 공차를 가지고 증가하는 등차수열이 아니라고 생각한다. 하지만 그렇다고 공비를 곱해 나가면서 기하급수적으로 증가하는 등비수열도 아니다. 나는 인간의 인생이란 이전의 경험을 바탕으로 점점 영역을 확장해나가는 계차수열을 의미한다고 생각한다. 학문적인 면, 정신적인 면, 사람들과의 인간관계 등등의 모든 면에서 우리의 인생은 단편적인 이미지가 아닌 전의 인생에 덧붙여서 나아가는 영화인 셈이다.

수열과 공부

잠깐 다른 얘기를 하자면, 필자는 대구과학고등학교에서 또래 상담자를 맡고 있으며 실제로 같은 반 친구들과 몇 번 간단하게나마 상담을 한 경험이 있다. 특히 상담뿐만 아니라 시험 기간만 되면 과목을 불문하고 친구들에게 배운 내용에 관한 질문 공세를 받는다. 물론 필자가 공부를 손에 꼽힐 만큼 '잘하지는 않는다'라고 생각하지만, 아는 범위 내에서 최대한 친절하게 설명해 주려고 노력하며, 아마도 이런 부분 때문에 친구들이 거리낌 없이 질문을 편하게 할 수 있지 않을까? 라고 조심스럽게 생각해 본다. 여러 질문을 받고 또 그것에 대한 답을 공유하며 필자가 공부에 있어서 가장 중요하게 생각했던 점은 어떤 것을 배우든 남에게 설명해 줄 수 있을 만큼 '이해'를 해야 한다는 점이다. 결국 남에게 설명할 때는 배운 내용에 대한 전반적인 이해가 전제되어야 하며, 필자는 암기도 중요하지만 학습한 내용에 대한 진정한 이해가 공부의 최종 목표라고 생각한다.

그렇다면 어떻게 이해해야 하는가? 이해(理解)란 사전적 의미로는 사건의 이유, 원인, 의미를 올바르게 알아내는 것을 가리킨다.[5] 즉, '이해'란 사건의 근원을 파악함을 통해 사건을 제대로 이해함을 나타내며 필자가 생각하는 '공부에서의 이해'란 학습한 내용을 두루두루 파악함을 통해 더 확장된, 심화한 내용을 배울 준비가 되었음을 의미한다. 학습한 내용에서 추가로 더 학습하고, 생각하고, 사유하는 것을 통해 이후 배울 내용을 받아들일 준비를 하는 것이 바로 이해의 과정이라고 생각한다.

이를 수열과 연관시켜보자. 수열의 첫 번째 항을 제외한 모든 항은 전항과의 관계를 통해 나타낼 수 있으며 전 항에 어떠한 숫자를 더하고 빼거나(등차수열), 곱하고 나누거나(등비수열), 전항과 그 전항을 통해 나타내는 등의 여러 가지로 나타낼 수 있다. 필자는 앞에서 이야기한 것과 같이 모든 인간은 이해한 내용이 많을수록 더 많

---

5 위키피디아, 〈이해〉

은 내용을 확장해 학습할 수 있다고 생각하며, 이는 역시 계차수열
의 일반항으로 설명이 가능하다.

위에서 소개한 계차수열의 일반항은 $a_n = a_1 + \sum_{k=1}^{n-1} b_k$으로 나타낼

수 있으며, 이전까지의 항을 합으로 나타낸 $\sum_{k=1}^{n-1} b_k$이 바로 '이해한 내

용'을 상징할 수 있다. 더 많은 내용을 이해할수록, 그 합은 계속 커
져 더 많은 내용을 머릿속에 저장할 수 있다. 인간의 삶이 계차수열
로 표현될 수 있는 두 번째 이유이다.

이제 수열 이야기를 조금 해보려고 한다. 단순히 수들이 쭉 나열된 집합을 '수열'이라고 한다. 예를 들어,

$$1, 3, 5, 7, 9, 11, 13\cdots$$

와 같이 1부터 2씩 커지는 수를 나열해서 수열을 만들어 낼 수 있다. 여기서 각 수 하나하나 즉, 1, 3, 5 같은 친구 하나하나를 '항'이라고 하고, 그 순서에 따라 '~번째 항'이라고 표현한다. 위 수열에서 첫 번째 항은 1이고 4번째 항은 7이다. 여기서 가장 처음에 나오는 항(위 수열의 경우에서는 1이 되겠다)을 '초항' 또는 '첫째항'이라고 한다. 또한 임의의 n번째 항(여기서 n은 1이나 2처럼 작은 수도, 198398처럼 아주 크고 복잡한 수도 가능하다. 즉 모든 자연수가 n으로 들어갈 수 있다.)을 '일반항'이라고 한다. 일반항은 주로, n이 들어간 수식으로 표현되는 경우가 많은데, 이렇게 되면 아무리 큰 수라도, 원하는 n을 대입하면 그 값을 알 수 있다.

혹자는 수학이 허황된 생각이라며, 실재하지도 않는 수를 가지고

수학자들이 장난치는 것뿐이라고 말한다. 당장은 그렇게 보일지도 모르겠다. 복소수며, 미적분이며, 선형대수학이며 이런 것들은 일상을 살아가면서 볼 일이 딱히 없다. 그러나 이미 모든 과학과 공학의 기초에는 그런 고급 수학들이 내제되어 있다. 인류 문명의 발전의 토대에는, 수학이 굳게 자리하고 있다.

그런데도 이렇게 불평하는 사람들이 있을 것이다.

"그래도 그런 수학들은 살아가는 데는 아무 도움도 안 되잖아. 덧셈 뺄셈 정도만 좀 하면 되는 거 아니야?"

어쩌면 이공계열로 진로를 잡을 게 아니면, 고급수학은 필요하지 않을지도 모른다. 그래도 수학과 우리 삶이 별개인 것은 아니다! 특히, 우리가 이야기하고자 하는 '수열'은 일상생활에 진득이 녹아들어 있는 대표적인 '생활수학'이다.

등차수열

등차수열과 등비수열은 고등학교 1학년 교육과정에 나오는 수열들로, 가장 간단하면서, 우리에게 익숙한 수열들이다.

등차수열은, 항에서 다음 항으로 넘어가면서 증가하는 값(차)이 항상 일정하다(등)는 성질을 만족하는 수열을 의미한다. 이때 일정하게 증가하는 값, 그 숫자를 '공차'라고 부른다. 위의 든 예시로 설명하자면, '초항은 1이고 공차가 2인 등차수열'로 볼 수 있다.

등차수열은 어쩌면 우리 주변에서 가장 자주 보이는 수열의 형태다. 일정하게 증가하는 현상은, 모두 등차수열이 된다. 부모님이 주신 용돈을 꼬박꼬박 모은다면, 돼지 저금통의 무게는 등차수열을 이룰 것이다. 해가 거듭될 때마다 우리의 나이는 공차수열을 이룰 것이다.

축구 좋아하는가? 아니면 올림픽은 어떤가?

회	1	2	3	4	5	6	7
FIFA 월드컵	1930 (우루과이)	1934 (이탈리아)	1938 (프랑스)	1950 (브라질)	1954 (스위스)	1958 (스웨덴)	1962 (칠레)
동계 올림픽	1924 (프랑스)	1928 (스위스)	1932 (미국)	1936 (독일)	1940 (취소)	1944 (취소)	1948 (스위스)
하계 올림픽	1896 (그리스)	1900 (프랑스)	1904 (미국)	1908 (영국)	1912 (스웨덴)	1916 (취소)	1920 (벨기에)

보는 것과 같이, 올림픽과 월드컵 모두 공차가 4인(4년 주기로 개최되는) 세계 대회이다. 이뿐만이 아니라, 일정한 주기로 개최되는 모든 대회가 등차수열의 형식을 하고 있다.

이런 등차수열은 사진에서도 사용된다. 사진 찍기를 즐기는 사람이라면 한 번쯤은, 포착하고자 하는 장면이 너무 밝거나, 혹은 너무 어두워서 사진 찍기가 곤란한 적 있을 것이다. 우리는 그때, 조리개의 f수를 조절해서, 사진의 노출 정도를 조절한다. 노출 정도 카메라 렌즈에 들어오는 빛의 양, 빛이 들어오는 면적을 이야기한다. f는, 각 노출 정도에서 반지름을 의미한다. 이런 f수는 특정한 단계의 값만을 가지는데, 그때, 각 칸의 값의 차가 $\sqrt{2}$ 로 일정하게 증가한다.

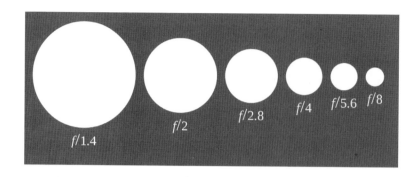

등비수열

등비수열은,

      이웃한 두 항의 '비'가 항상 일정(등)하다

는 성질을 만족하는 수열이다. 이때 그 일정한 비율을 '공비'하고
한다. 예를 들어보자면,

1, 2, 4, 8, 16, 32, 64, 128, 256, 512, 1024, 2048…

같은 수열을 만들 수 있다. 이 수열은, 초항은 1이고 공비가 2인
수열이다.

요즘은 참 별 보기가 힘들다. 많은 사람들이 도시에 몰려 살다 보
니 별보다 반짝이는 건물들이 더는 별을 못 찾아보게 했다. 별 보는
것을 좋아하는 나는 가끔 부모님과 별을 찾아 외진 산을 오르곤 한
다. 무수히 쏟아지는 별들은 마치 흑비단 위에 크고 작은 보석들을
흩뿌려 놓은 것처럼 보인다. 끊임없이 하늘을 수놓은 별들을 보고 있
노라면 알 수 없는 울컥함이 몰려들기도 한다.

이런 별들에도 '등급'이 있다. 밝은 별일수록 1등급, 0등급, -1등

급처럼 작은 수로 표현하고, 어두운 별들은 5, 6, 7등급 같은 큰 수를 부여한다. 그럼, 이런 등급을 정하는 기준은 뭘까?

별의 5등급 차이는 약 100배의 밝기 차가 난다고 한다. 즉, 1등급 별이 6등급 별보다 100배 밝은 것이고, 8등급이 3등급보다 100배 어두운 별이 된다. 이것을 토대로 계산해 보면, 1등급 차이는 밝기 2.5배 차이가 난다.

이것을 수열로 표현하면, 초항이 1등급 항성의 밝기인, 공비가 1/2.5인 등비수열이 된다. 등급이 커지면 커질수록 그 비율이 1/2.5로 일정하게 줄어드는 수열로 표현할 수 있다.

음악은 때론 우리를 위로하기도 하고 때론 즐겁게 해주기도 한다. 모든 국가, 모든 시대에는 각자만의 독특한 노래와 음악이 만들어지고 발전되어 왔다. 글자조차 만들어지기 전부터, 인류의 가장 최초의 작품도, 음악과 노래였다. 어쩌면 우리는 흥의 민족, 흥의 종족이 아닐까

보편적으로 세계에 통용되는 음계는 한 옥타브를 12개로 나눈 12음계를 사용한다. 인도 쪽에서는 다시 이를 2개씩 나누어서 24음계

를 사용한다고도 한다. 임의로 나눠 놓은 것 같은 음계 체계도, 자세히 보면, 과학적이며 동시에 수학적으로 정의되었다. 모든 음에는 각 음계에 해당하는 '고유 진동수'가 있다. 간단히 말하면 각 음에는 일정한 '림 수'가 있는데, 이 떨림수가 클수록, 즉 많이 떨릴수록 높은 음계고, 떨림 수가 낮을수록 낮은 음계가 된다.

이때 특정한 음계 차의 비는 항상 일정한 비를 이룬다. 예를 들어 완전 8도(1옥타브)의 경우, 높은 음이 낮음 음의 진동수의 비가 1:2로 일정하다. 이뿐만 아니라, 완전 5도의 경우는 3:2, 완전 4도는 4:3 등의 일정한 비로 나타내진다.

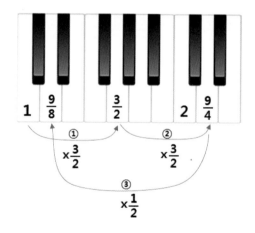

"이 편지는 영국에서 최초로 시작되어 일 년에 한 바퀴 돌면서 받는 사람에게 행운을 주었고 지금은 당신에게로 옮겨진 이 편지는 4일 안에 당신 곁을 떠나야 합니다. 이 편지를 포함해서 7통을 행운이 필요한 사람에게 보내 주셔야 합니다."

어린 시절 이런 편지를 메신저로 받고는 겁을 먹어서 다른 사람들에게 열심히 편지를 보낸 적이 한 번쯤은 있을 것이다. 이런 식의 장난 편지를 '행운의 편지'라고 한다. 사실 이런 장난은 굉장히 유구한 역사를 가지고 있다. 영어권 국가들에서는 이는 '체인 메일' 또는 '체인 레터'라고 부르는 도시전설 중 하나이다. 우리나라의 경우 특히 1970년대에 홍행했는데, 1930년 일제강점기 시대에도 "3, 4년 전 '행운의 편지'라는 것이 성행하여 우편국 수입이 상당하였더니"와 같이 언급된 것으로 보아, 우리나라에서도 꽤 오래간 떠돌았던 것으로 추측할 수 있다.

이것 또한 등비수열로 표현할 수 있다. 세상에 정말 정말 순수한 사람들로 가득하다고 가정해 보자. 이 순수한 사람들은 순해 빠져서는 저 편지의 내용을 곧이곧대로 믿고 만다. 결국, 열심히 편지를 써서 저 편지를 받지 않은 7명에서 편지를 부친다. 이런 상황이 계속해서 반복된다면, 매번 저 편지를 받은 사람 수는 등비수열을 이루게 된다.

처음 1명으로 시작한다면, 다음 대에서는 7명이 받게 되고, 그 다음 횟수에는 7×7=49명이 받게 된다. 앞으로도 계속 7×49=343, 7×343=2401… 같은 수들이 반복된다. 이걸 표현하면

$$1, 7, 49, 343, 2401 \cdots$$

로 나타난다.

피보나치수열

피보나치수열은 이미 대다수의 사람이 알고 있는 유명한 수열이다. 간략한 소개를 하자면 피보나치수열은 첫 번째 항과 두 번째 항이 1

이고, 그다음 항부터는 이전 두 항의 합이 된다. 이를 수식으로 나타내면 좌측처럼 표현할 수 있다. 여기서 Fn은 n 번째 항을 나타낸다. 그러니까 F1은 첫 번째 피보나치수열의 항, F2는 두 번째 피보나치수열의 항, Fn+1 는 n+1번째, Fn+2는 n+2번째를 의미한다.

이런 피보나치수열은 1, 1, 2, 3, 5, 8, 13, 21··· 이렇게 간단한 구조로 나타난다. 그럼에도 피보나치수열은 수학적으로 많은 의미를 가지는 수열이다. 몇 가지 흥미로운 성질을 이야기해 보자면, 이웃한 항끼리의 비는 세상에서 가장 아름답다는 '황금비'로 수렴한다는 것이다.

2/1=2, 2/3=1.5, 5/3=1.667, 8/5=1.6, 13/8=1.625, 21/13=1.615···

황금비는 예술에서 많이 사용되는 수이다. 사람이 가장 균형 있다고 느끼는 수로, 그 비율은 약 1:1.618 정도이다. 수많은 건축물, 명화, 조각품 등이 이런 비율을 맞추어 구성되어 있다.

자연도 이런 피보나치수열을 많이 포함하고 있다. 해바라기꽃의 씨앗 배열이나 솔방울의 배열, 잎차례의 비율, 앵무조개와 등각나선 등이 이런 피보나치수열과 황금비를 포함한다.

개미수열

베르나르 베르베르의 '개미'는 이미 한국에서 너무 유명한 베스트셀러가 되었다. 읽어보진 않았더라도, 이름 정도는 다들 한 번 들어봤을 것이다. 소설 '개미'는 독특하게, 본국인 프랑스에서는 큰 인기를 끌지 못하고, 한국에서 100만 부 넘게 팔렸다. 당시, 아직 작가로 성공하지 못한 베르베르가 자신의 모든 잠재력을 쏟아부어 저술한

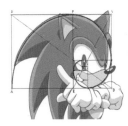  

소설이다. 작가 특유의 관찰과 상상력이 도드라지게 보이며 개미의
세상을 세밀하게 표현하였다.

소설 '개미'의 유명세와 함께 소설 속에서 소개된 '개미 수열' 또한
세상에 얼굴을 알렸다. 앞서 소개한 수열과는 다르게, 이 수열은 재
밌는 규칙을 가지고 있다. 다음 수열을 살펴보자

1

11

12

1121

122111

112213

12221131

1123123111

첫 번째 줄을 보면, 1이 연속하여 1개 있다. 이것을 다음 줄에 11
로 표현한다. 다시 11은 1이 2개가 연속되어 있다. 이를 그다음 줄에

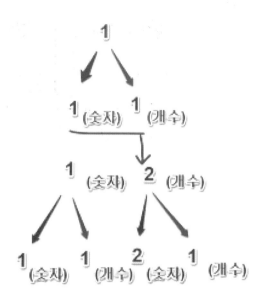

12로 표현 한다. 다시, 1이 1개, 2가 1개 있음으로 1121로 표현한다.
이런 수열의 규칙을 따라 계속해서 표현된다.

　이렇게 표현된 개미 수열의 구성 성분은 커 봐야 3까지 나온다는
성질이 있다. 또한 연속하는 두 줄의 길이 비는 점점 1.303577…라
는 콘웨이 상수에 가까워진다고 한다.

작가 소개
☆★

곽민수

2004년 6월 4일 서울아산병원에서 태어났다. 어린 시절 또바기 어린이집에서 유년 시절을 보낸 후 서울청운초등학교를 졸업하였다. 중학교 때부터 본격적인 진로에 대한 고민을 시작하여 꿈에 한 발자국 다가서기 위해 대구과학고등학교에 재학 중이다.

어릴 때부터 정보과학을 좋아했다. 꾸준히 프로그래밍 언어를 통해 내 생각을 표현하고 언젠가는 Facebook과 같은 세상을 바꾸는 프로그래밍을 할 것이다. 학교에 다니면서 수학과 물리에 관심이 많아졌다. 학교에 다니면서는 최대한 즐겁고, 자유롭고, 긍정적으로 살아가려고 노력하고 있다. 평소 시간이 남을 때는 친구와 이야기를 나누며 시간을 보내거나 피아노를 치는 것을 좋아한다. 때론 지치고 힘든 학교생활 와중에도 마음이 통하는 친구들과 얘기를 하거나 생각을 비우고 피아노를 칠 때면 마음이 편안해진다.

"성실하게. 열심히. 즐겁게."를 모토로 앞으로 펼쳐질 내일을 향해 달려가고 있다.

김규태

2004년 10월 28일, 울산광역시 출생. 태어난 직후, 돌잡이 때 연필을 잡아서인지 공부의 길을 택하여 현재 대구과학고등학교에 재학 중이다. 세상을 밝히는 화학자를 장래 희망으로 하며 이를 위해서 학업에 최선을 다하려 노력 중이다. 생애 첫 기숙사 생활을 겪고, 가끔 귀엽고 걱정 없고 행복했던 어린 시절을 회상하기도 한다

이민재

대곽의 자유로운 영혼이다. 노는 게 젤 좋은 뽀로로의 마인드를 가지고 타인과 함께 어울리는 것을 좋아한다. 학문으로는 물리를 가장 좋아하지만 수학은 못 하고 국어는 잘하는 외고가 찾는 남자이다. 책 읽고 글쓰기도 좋아해서 이과와는 거리가 멀지도 모른다. 그래도 대곽에서 나름 행복하게 살아가는 소시민이다. 사람들과 이야기를 나누거나 노래를 부르는 걸 좋아하는 대곽의 베짱이이다.

단백질 함량이 높은 운동 베짱이이다. 중 2 시절 최고 몸무게를 달성하고는 급성 하향 곡선을 타고 헬창 루트를 탔다. 꼬박꼬박 팔굽혀펴기 하는 성실한 운동인이다.

학기 초여름 유별난 패션 고자였다. 위아래 대충 덮이기만 하면 옷이랍시고 입고 다녔다. 그러나 모종의 이유로 패션에 성장을 이루고 사람답게 입고 다니는 중이다.

권시오

대구에서 태어난 사투리가 심한 남자아이.

어릴 때부터 많은 꿈을 꾸고 많은 사랑을 주위에서 받고 많은 도전과 실패, 그리고 성공을 하는 남자아이. 나는 5살 때부터 피아노, 축구, 수영, 바이올린, 태권도, 테니스, 사물놀이, 발레 등 많은 것을 배우고 지금 10년째 하면서 다양한 부분에서 실력자가 되었다. 많은 사람들이 할 수 없었던 것을 할 수 있었던 이유는 수학이나 영어 학원을 한 번도 다니지 않아 시간이 많았다.

그리고 무엇보다도 나의 장점인 끈기! 포기하지 않고 열심히 하는 것이 나의 원동력이었다고 생각한다. 평소에는 장난도 많이 쳐서 친구들한테 편한 존재이고 마냥 살아가는 것처럼 보이지만 사실은 누구보다도 생각이 많고 정도 많고 냉정한 남들이 모르는 나의 모습이 많다고 생각한다.

김나림

'인생은 담백하게, 최선을 다해서!'

꿈 많고 욕심 많은 대곽의 한 여학생입니다. 책 읽는 것과 이야기하는 것, 자는 것을 좋아합니다. 대구과학고등학교에서 친구들과 함께 공부하고 연구하며 지금껏 살아온 대가를 느끼고, 더욱 최선을 다해 좋은 결과를 얻기 위해 노력하고 있습니다.

일상 속의 소소한 행복을 즐깁니다. 친구들과 수다 떨기, 맛있는 음식 먹기, 풍경 사진 찍기, 예쁜 하늘 보기를 좋아하며 여행을 사랑합니다.

공부는 어렵고 학교생활은 바쁘고 피곤하지만, 과정을 즐기려 노력하고 있습니다. 열심히 공부하여 성인이 되면 여기저기 여행을 다녀야지 상상하는 낙으로 날마다 버티고 있습니다

김채령

대구과학고등학교에 재학 중인 1학년 여학생.

들어가면 공부할 것도, 연구할 것도 많을 것이라는 말에 걱정부터 앞섰던 영재학교 입학을 앞두며 많은 생각을 하였습니다. 하지만 입학하자마자 든 생각은 "행복이 우선". 학교에서의 사소한 행복 찾기에 누구보다도 앞서고 있는 듯하며, 모든 행동의 원인으로 "행복이 우선"임을 강조하고 있습니다.

성적도, 학점도, 연구도 걱정되는 것이 많지만, 공부와 연구 속에서도 행복과 재미를 찾을 수 있기에 괜찮습니다.

박유성

　'아낌없이 주는 나무'라고 불릴 만큼 너그러운 마음을 지니고 있어 주위 사람들에게 많은 도움을 준다. 생물을 좋아하고, 춤추는 것을 좋아한다. 단점은 현대 문물에 익숙하지 않다는 점인데, 카카** 프로필 사진을 지우는 법을 몰라 최근 4년 동안의 사진이 그대로 남아 있다. "성실하게 살자.", "지금 이 순간에 집중하라."를 인생의 모토로 삼고, 매일 매일을 긍정적으로 살아가려 노력한다. 기숙학교에 살면서 어머니께 매일 30분씩 통화를 하는 효자이다. 초콜릿 알레르기가 있으나 초콜릿을 매우 좋아하고, 물건을 자주 잃어버려 엄마한테 많이 혼난다. 위 사진은 생물 동아리에서 새우를 해부하는 사진이며, 새우의 배를 가른다는 사실에 매우 행복하여 심취해 있다.

이성훈

2004년 4월 10일 부산에서 태어나서 김해로 이사한 후 인생의 대부분을 그곳에서 보냈다. 운 좋게도 대구과학고에 납치(?)당하여 현재 재학 중이다.

입학한 지 반년이 훌쩍 넘은 지금, 멋진 친구들과 후회 없는 학교생활을 하는 중이다. 가장 좋아하는 과목은 수학과 물리이다. 옛날부터 관심이 많았으며 적성이 맞지 않은 생물, 영어 등에 비해서는 어느 정도 공부할 맛이 난다.

취미는 피아노 연주인데, 힘든 공부로 지친 몸을 잠시나마 잊게 해준다. 성실하게 살도록 노력하고 있고, 어제보다 더 나은 오늘을 보내는 것이 목표이다.

사진은 서울대에 화학 올림피아드 겨울학교 입교시험을 치러 가서 찍은 기념사진으로, 이 책의 작가 중 하나인 김규태 친구의 작품이다.

장동훈

현재 대구과학고등학교 1학년에 재학 중이다. 얼굴이 동글동글해서 '동글이장동훈', 치킨 브랜드 중 KFC를 좋아해 'KFC장동훈', 성씨가 영어로 "Chang"이어서 '동훈챙' 등 재미난 별명들을 가지고 있다. 다소 어려 보이는 외모에 비해 아재 개그와 뜨끈한 국물과 김이 모락모락 나는 밥이 나오는 한식을 매우 좋아하며, 이로 인해 친구들 사이에서 '인생 n회차'로 알려져 있다. 계획을 짜놓지 않으면 불안함을 느껴 항상 계획을 미리 짜는 습관을 지니고 그 계획들을 하나씩 실천하면서 오늘도 학점 A+, 행복 A++을 향해 달리고 있다.

바코드 속 my life

0412101631166265765

041210 – 세상에 나를 알리다. (태어난 날)

16 – 영재고와 인연을 맺다. (영재고에 입학한 나이)

311 – 나의 첫 번째 독립을 상징한다. (학교 기숙사 방 번호)

6626 – 나에게 가장 먼저 떠오르는 상수이다. (플랑크 상수)

5765 – 우리 가족의 공통점이다. (전화번호 뒷자리)

김민서

2004년 3월 27에 태어났다. 나는 내 생일이 꽤 맘에 든다. 3월 일! 3만으로 내 생일을 표현할 수 있다.(너무 주책인가..?) 하지만 2004는 3만으로 어떻게 표현할 수 있을까? 이리저리 고민해 보다 를 2004번 반복하면 된다는 시시콜콜한 사실을 알고는 때려 쳐버렸다. 여러분들은 좀 더 참신한 방법을 찾길 바란다.

프로필 사진은 필자가 무언가 좋아하는 걸(?) 볼 때 표정이다. 약간 사악하게 찍힌 감이 없지 않아 있는데, 도대체 무엇을 보고 저런 표정을 짓는지 알고 싶다면 직접 와서 물어보자.

김우석

안녕하세요, 17살 고등학교 1학년 김우석입니다.

저는 경기도에 살고 있지만, 학교는 대구에서 다니고 있습니다. 고속 열차를 타도 총 4시간이나 걸리는데요, 그래서인지 학교를 올 때마다 너무 진이 빠집니다. 하지만 학교에 오면 달라지죠! 학교에서는 재미있는 학교 수업(?)과 친구들 덕분에 행복하게 지내고 있습니다.

저는 제 인생의 좌우명이 있습니다. 바로 '한 번 사는 인생 즐겁고 재미있게 살자'인데요, 이 좌우명을 대곽에서 열심히 실천하고 있습니다. 물론, 시험 기간은 빼고요. 시험 기간을 제외하고는 주로 축구, 농구, 배드민턴 등 운동을 많이 하는 편입니다. 친구들과 함께 땀을 뻘뻘 흘리면서 운동을 하면 아무것도 생각나지 않고 오로지 운동에만 집중할 수 있어서 좋아요, 하지만 무거운 아령을 드는 것과 같은 근력 운동은 하면 할수록 몸이 아파서 저랑은 좀 맞지 않는 거 같아요.

또 저는 다양한 음식을 먹는 것을 무척이나 좋아해요. 새로운 음식점에서 새로운 음식에 도전하는 것을 가끔씩 후회하기도 하지만 그래도, 새로운 음식을 먹는 것을 즐긴답니다. 한국에서의 음식은 대부분 먹은 거 같아, 앞으로는 외국으로 나가서 다양한 음식들을 접하고 싶네요.

마지막으로, 저는 매사에 긍정적입니다. 시험 점수가 잘 안 나오는 경우 이미 시험은 끝났고, 지나간 것이기 때문에 지나간 것은 지나간 대로 그런 의미를 부여하죠. 따라서 별로 과거에 연연하지 않고, 현재와 미래를 조금 신경 쓰는 그런 사람입니다.

나민준

    현재 대구과학고등학교 1학년에 재학 중이며, 다른 형, 누나들과 조금은 다르게 중학교 생활을 2년 만에 마치고 지금의 고등학교에 입학하게 되었다. 우선 필자는 인정하지 않지만, 주변의 많은 사람이 나를 '나기만'이라고 부르며 필자가 기만하는 것에 대해 정말 크게 반응한다. (필자는 아직도 이해하지 못한다) 또한 지금은 아니지만, 초등학교와 중학교 시절에는 성이 다소 특이한 '나'라는 이유로 정말 많은 별명을 가지고 있었다. 그중 기억에 남는 별명은 지금 들으면 다소 유치하지만, 초등학생 때 몇몇 친구들이 "너민준"이라고 부르기도 하였고, "나, 민준이야!"라고 부르기도 하였다.

    현재 가장 좋아하는 과목은 수학이며 그렇기에 지금 생각하고 있는 장래 희망은 수학과 관련된 직업 중 너무 순수 수학만을 연구하는 사람이 아니라 다소 실용적인 직업을 생각하고 있다.

오서준

2004년 12월 17일에 태어났다. 게임을 좋아하고, 공부를 싫어하는 평범한 영재고등학교 학생이다.

중 1때까지는 정말 게임밖에 몰랐는데, 원래부터 조금 과학을 좋아했으니까 중2 초부터 "영재고에 한번 지원해 볼까?"라며 부모님이 꼬셨고, 부모님의 설득과 뭔가 나는 할 수 있을 것 같다는 자신감에 힘입어 영재고 준비를 시작했다. 이때까지만 해도 나는 내가 영재고에 갈 수 있다는 생각을 하지 못했는데, 운좋게 2차 시험에 붙게 되었다. 거기서 희망을 보아서 더 열심히 준비했고, 중3 때 3차 캠프까지 붙어서 지금 현재 대구과학고등학교에 재학 중이다. 원래도 장난기 많은 성격인데 대구과학고에 와서 장난기 많은 친구들을 만나서 한시도 조용할 틈이 없는 재미있는 학교생활을 보내고 있는 중이다.

이지원

　부산에서 나고 부산에서 자라 현재 대구과학고등학교 1학년에 재학 중이다. 바쁘게 지나가는 일상 속에서 하루하루 어떻게 살아갔던지 제대로 기억도 나지 않지만 눈 떠보니 지금 여기, 대구과학고등학교의 한 교실 책상에 앉아, 그때의 기억을 떠올리며 글을 쓰고 있다.

　위 사진은 필자가 생물 배양실에서 실험하는 사진으로, 필자는 생물 동아리, 생물 올림피아드, 뇌과학 올림피아드, 생물 분야 연구 등 생명과학과 관련된 활동이라면 거의 빠지지 않고 할 정도로 생명과학을 좋아한다. 특별한 취미가 있는 것은 아니지만, 배드민턴 치기, 음악 감상하기(노래 부르기) 등을 좋아한다.

　또한 필자는 학교에서 최대한 활기차고 긍정적으로 생활하기 위해 노력하는데, 그 이유는 축 처진 상태로 있어봤자 나도 나대로 지치고 보는 사람들도 힘들기 때문이다. "피할 수 없으면 즐겨라."라는 말이 있듯이 모든 순간을 긍정적으로 받아들이고 즐기기 위하여 노력하고 있다.

한편 필자의 단점은 생각보다 멘탈이 약하다는 것이다. 가끔 정말 우울해 보이는 필자를 발견할 수도 있지만, 얼마 지나지 않아 긍정에너지(?)로 기운을 되찾고 또다시 활기차게 생활하는 필자를 볼수 있을 것이다.

김대희

511

5월에 태어나서

17살인 나는

1(일)단 우주가 좋다.

511

우리 처음 만난 날!
수학과 국어의 콜라보 ! 융합 책쓰기

수학으로 표현하기!

편집, 원고
마무리를
하면서
깊어지는
가을
수국화 횟팅!

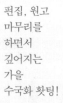

우리의 발자취!

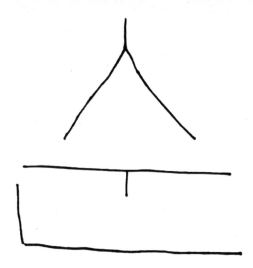

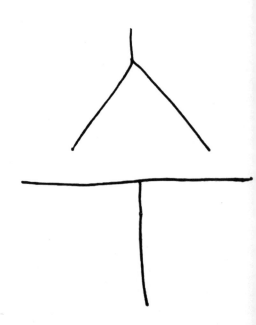

2020년 11월, 순수한 정나현(초4) 학생이 씀.